Los últimos meses
de
Violet Koski

Heather Smith

Traducido del inglés por Heather Smith

Para Linda

Elogios para *Los últimos meses de Violet Koski*

'Heather Smith teje una red poética que nos hechiza con su amable relato viajero sobre conflictos familiares, relaciones y el poder transformador del arte.'
Elaine Kingett, periodista.

'Una colección de viñetas, pequeños atisbos de vidas y destinos muy diferentes en tres islas, entretejidos suavemente con lirismo y una profunda percepción de la psique humana. Heather Smith pinta un cuadro de la condición humana, de la infancia y, sobre todo, de la vejez, tan vívido que puedes ver y oír a la gente y sentir lo que sienten. Un poema de largo aliento.'
Cecilie Gamst Berg, periodista y autora de *Blonde Lotus* y *Don't Joke on the Stairs*.

'Una antología de historias que se sumergen en las vidas de personajes maravillosamente dibujados: Cliona, Gabriel, Alice, Violet y Tim. Intrínsecamente entretejidos en un tapiz de fondo de Mallorca, Irlanda y Oxford, Inglaterra, en el que Gabriel es el hilo que une las historias. Sus vidas y pensamientos fascinan, y permanecen en tu mente mucho después de que hayas terminado de leerlo.'
Barbara Jago, guionista y escritora.

'Un debut impresionante. Estas luminosas historias enlazadas nos adentran en las vidas de personas que viven en Inglaterra y Mallorca, España... El pegamento que mantiene unidas estas tiernas, absorbentes y nada sentimentales historias es Gabriel, y es en última instancia su humanidad y compasión lo que da a los personajes -y a nosotros, los lectores- una sensación de paz y cierre en la última y profundamente satisfactoria página.'
Alice La Plante, autora del bestseller del New York Times *Turn of Mind* y *The Making of a Story*.

Gabriel y el anillo de hadas

Mallorca e Irlanda 1983

Era jueves, el día en que Gabriel iba a comer a casa de su abuela. Su casa estaba a la vuelta de la esquina de la escuela primaria, por lo que no necesitaba que lo recogiera su madre, que solía soplar de impaciencia al verlo demorarse en el patio. Le agarraba bruscamente del brazo y le decía:

'¿Cómo es que siempre eres el último en salir?'

Su abuela Cliona nunca le hacía ese tipo de preguntas que él no podía responder. Y tampoco le preguntaba cómo le iba en la escuela.

Deambulaba por las aceras de la urbanización, contando las malas hierbas que brotaban de las grietas y asegurándose de no pisar ninguna oruga procesionaria mortal. Era marzo y había una fina capa de polvo amarillo en el camino y en los columpios del parque infantil situado a su derecha. Se detuvo junto a un coche aparcado y escribió su nombre en la ventanilla trasera, y luego inspeccionó la mancha de polen de su dedo índice. En marzo, su abuela irlandesa no dejaba de quejarse de 'la cantidad de putos pinos que hay en esta maldita isla'.

Cuando Gabriel llegó a la casa, miró si su coche estaba aparcado fuera. Todas las semanas comprobaba la placa de Dublín en la ventanilla trasera y el desorden de algún que otro jersey, cestas de mimbre y libros de inglés en el asiento trasero. Y allí estaba, un viejo y polvoriento Renault aparcado delante de la casa de tejado plano donde las tejas brillaban anaranjadas al sol de la tarde. Cuando se aseguró de que todo estaba en orden, pasó los dedos por la pintura verde desconchada de la puerta principal y la abrió de un empujón. Le gustaba el tacto del frío metal y cómo chirriaba en las oxidadas bisagras, y le gustaba la solidez de las columnas de piedra tallada que sostenían el porche donde Cliona estaba ahora de pie, estornudando y maldiciendo.

'Bueno, ahí estás, mi niño. Ven y dame un abrazo. El almuerzo está listo y comeremos en cuanto deje de estornudar.'

Gabriel dejó caer su bolsa y observó sus ojos llorosos y su nariz roja.

'¿Y a qué estás esperando? Es mi alergia. ¿No lo sabes ya?'

Abrazó su vientre reconfortante y le preguntó qué había para comer.

Se rio. 'Lo mismo que has estado comiendo durante los últimos tres años todos los jueves.'

Eran espaguetis con salsa de tomate y queso rallado: sus favoritos, pero mal vistos por su madre, una obsesiva nerviosa de lo saludable que temía todos los productos no ecológicos, blancos y refinados como si fueran el mismísimo Lucifer. Así que el jueves en casa de Cliona era el Edén de todas las comidas prohibidas; podías atiborrarte sin un segundo de remordimiento.

Mientras Cliona limpiaba la larga mesa de la cocina de libros de texto de inglés, cuadernos, bolígrafos y todo lo que apuntaba a su reciente clase, Gabriel fue al salón y observó el cuadro de la pared. Era la parte final del ritual: la observación durante cinco minutos de una foto ampliada y enmarcada que colgaba sobre la chimenea. Desde que tenía uso de razón, Gabriel había asociado la casa de su abuela con esta luminosa foto de un anillo de hadas, que poco a poco se fue convirtiendo en algo tan mágicamente vivo para él que era lo único real que había en la habitación, incluso más que él mismo. Se imaginaba de pie frente al espino con la primera luz de la mañana, una brisa fresca moviendo suavemente sus flores blancas; y podía tocar, asombrado, las piedras que formaban un círculo alrededor del árbol, la prueba innegable de que allí había un anillo de hadas por donde la Gente Pequeña entraba en su morada subterránea. Porque Gabriel no tenía ninguna duda de que existían.

'¡El almuerzo está en la mesa, Gabriel!'

Cliona observó a su único nieto. Era un niño callado, de aspecto delicado, pequeño para su edad y propenso a soñar despierto. Los días en que se mostraba especialmente silencioso, permanecía más tiempo frente a la foto y parecía reconfortarse con ella. Hoy era uno de esos días. No le metió prisa y le dejó que se saciara. Cliona recordó que la foto era uno de los primeros objetos que habían entrado en la casa treinta y cinco años atrás, cuando ella había dejado Irlanda y se había casado con un mallorquín. Era lo primero que todos miraban cuando entraban en su espacioso salón. Y observó con cierto placer petulante cómo la imagen de la naturaleza salvaje de Irlanda había ido impregnando poco a poco las paredes encaladas, de modo que sus equivalentes, cuadros de aficionados de paisajes marinos mallorquines, ni siquiera recibían una mirada superficial. La escena de Lough Brin, en el condado de Kerry, había sido captada al amanecer por un célebre fotógrafo irlandés; las nieblas bajas se retiraban hacia las montañas, de modo que la primera luz se posaba sin obstáculos sobre un espino en flor, alrededor del cual había un círculo de peñascos de color blanco grisáceo.

Ningún visitante podía escapar del hechizo de esa fotografía.

'¿Quieres que te cuente otra vez la historia de los anillos de hadas?' Le llenó el plato de espaguetis.

Gabriel asintió y empezó a devorar la pasta humeante y el queso fundido.

'Cuando salgas a pasear por la campiña irlandesa, debes mantener siempre los ojos bien abiertos y asegurarte de no pisar dentro de un anillo de hadas. Son puertas de entrada al país de las hadas, y se dice que bajo tierra hay ciudades de hadas. A veces verás un amplio círculo de grandes setas; otras veces será un círculo de piedras, como el de mi foto. Pero siempre debe haber un espino en el centro; si no, no es un verdadero anillo de hadas.'

'¿Y qué pasaría si entraras sin querer?', preguntó Gabriel.

'Ah, bueno, esa es una pregunta difícil de responder. Dentro del anillo, las hadas se reúnen para cantar y bailar, hacer fiestas y celebrar sus reuniones. La gente que puede oírlas dice que cantan toda la noche con voces agudas y dulces. Pero no les gusta que los humanos las molesten. Si lo hacemos, nos gastan bromas y se parten de risa, porque tienen un sentido del humor malvado y les encanta ser alocadas y libres.'

Gabriel levantó la cabeza del plato. Sus ojos negros la miraban desde su carita pálida.

'¿Quieres decir que se burlan de la gente, como hacen los niños en el colegio? Entonces, ¿son malas?'

'No, no, no son como nosotros los humanos, pequeño. Pero nadie lo sabe con certeza. Hay historias que hablan de personas que desaparecieron cuando entraron en el anillo. Nunca se les volvió a ver.'

'Tal vez se fueron a un lugar mágico que es mucho más bonito que aquí. Por eso no han vuelto. ¿Puedes hablar con las hadas desde fuera del anillo?'

'Gabriel, hay que tener poderes especiales para poder ver a las hadas y hablar con ellas. Yo no conozco a nadie. Pero he oído que pueden mostrarse si eres bueno con los animales y si cuidas de la tierra. Y les gustan especialmente los niños de corazón puro.'

'¿Por qué no hay anillos de hadas en Mallorca?' preguntó Gabriel, con ojos solemnes.

'No puedo darte una respuesta exacta, pero creo que a las hadas no les gustan los mosquitos ni el calor,' dijo ella, echándole más espaguetis en el plato.

'¿Recuerdas que dijiste que me llevarías a Irlanda este verano? Para mi cumpleaños, ¿me llevarás a un anillo de hadas, abuela? ¿Como el de la foto? Ese será mi regalo. Solo tú y yo, ¿vale?'

'¡Claro que me acuerdo! Haré lo posible por llevarte al de Kerry y tendrás otro regalo. Ahora, termina de comer. Los dos necesitamos una siesta antes de que tu madre venga a recogerte.' Rápidamente empezó a recoger los restos de la comida.

Más tarde, cuando Gabriel se había ido a casa, a Cliona le apeteció ver su favorita película antigua de Disney, *Darby O' Gill y la gente pequeña*. Acababa de acomodarse en el sofá frente al televisor cuando sonó el teléfono. Era su hija Rosa. Lo hace a propósito, pensó Cliona mientras se preparaba para la bronca.

'Mamá, por el amor de Dios, ¿quieres dejar de meterle en la cabeza a Gabriel todas esas estúpidas ideas sobre anillos de hadas? Las cosas ya están bastante mal en el colegio.

La profesora dice que está encerrado en su propio mundo y los otros niños piensan que es un bicho raro. Si empieza a hablar de anillos de hadas, se burlarán de él. ¿Por qué no puedo tener un hijo normal?'

'Santa Madre de Dios, Rosa, tiene nueve años. ¿Por qué no le van a fascinar los anillos de hadas? ¿Y te has preguntado por qué no se relaciona con los otros niños? Lo más probable es que esos niños le estén acosando.'

'Bueno, la profesora no ha dicho nada sobre acoso escolar. Dice que debería ir al psicólogo del colegio. Y tú estás empeorando las cosas al complacer todas sus fantasías. Si papá estuviera vivo, pronto pondría fin a todas estas malditas tonterías.'

'¿Y crees que la profesora se ha dado cuenta de si le están acosando o no? No lo harán delante de ella, ¿verdad? Si el pobre niño quiere creer en las hadas, que lo haga. Yo lo hice a su edad y no me hizo ningún daño. Es que es muy sensible y necesita atención especial. Si no estuvieras siempre tan estresada y tuvieras más tiempo para él, podrías descubrir qué le pasa.'

'Oh, apenas puedo sacarle una palabra y su padre tampoco. Tú eres con quien más se comunica, pero empiezo a pensar que eres una mala influencia. Y si tienes que darle pasta, que sea integral. Las cosas procesadas que le das le ponen nervioso.'

'Puedes apostar a que no es mi pasta lo que le pone nervioso,' dijo Cliona y colgó el teléfono.

Me llevaré a Gabriel conmigo a Kerry este verano, pensó, y encontraremos ese anillo de hadas en Lough Brin, aunque sea lo último que haga. Apagó el televisor y se quedó pensativa. ¿Cómo llegaría a esa zona desde Dublín, donde vivía su hermano, y cómo encontraría el anillo de hadas? No sería fácil encontrar el lugar exacto. Tal vez su hermano la ayudaría, pero sólo ella y Gabriel harían el viaje. Sabía que aquello era como una peregrinación para el niño, y se aseguraría de que nadie lo contaminara con los lodos de sus mentes prácticas y poco imaginativas.

Cerró las descoloridas persianas verdes y subió la escalera de piedra para acostarse. Las noches de marzo seguían siendo frías y pronto estuvo bajo su edredón de retazos. Era bueno tener la cama de matrimonio para ella sola y no se sentía culpable por no echar de menos a su marido. Y tenía la libertad de llevar a su único nieto a Irlanda sin que él controlara todos sus movimientos.

Los jueves iban y venían, la pasta se devoraba y la madre de Gabriel seguía quejándose. Pero a Cliona no se le movía un pelo de su melena pelirroja y canosa, ni su semblante redondo perdía su media sonrisa. Notó cómo Gabriel desarrollaba una expresión de satisfacción e imaginó que se alimentaba de la alegría de su viaje secreto, memorizando los más pequeños detalles mientras permanecía de pie frente a la foto del anillo de hadas.

Y entonces, inesperadamente, empezó a dibujar. Lo que más dibujaba eran piedras y árboles. Primero dibujó el viejo olivo del jardín de Cliona. Le gustaba la textura escamosa de la corteza y las hojas estrechas de color plateado; cómo las aceitunas negras maduras caían de las ramas que sobresalían a la acera delante de la casa y eran aplastadas por los transeúntes, y cómo su abuela refunfuñaba constantemente mientras las barría. Le gustaba juntar piedras de formas extrañas en el jardín y dibujar sus bordes afilados o su pulida redondez. Antes de dibujar, las cogía y dejaba que su palma acariciara su esencia. Todas latían de forma diferente, pensaba, y se maravillaba de que incluso las piedras tuvieran corazón. Cuando terminó de dibujarlas, las colocó en círculo alrededor del olivo y observó cómo el sol se abría paso entre las hojas temblorosas y moteaba las piedras de oro pálido.

Cliona lo observaba discretamente desde la cocina. Sabía que lo mejor era no hacer comentarios por si él se alejaba como un gorrión nervioso. Le sorprendió la delicadeza de sus dibujos y decidió animarle. No hay duda de que el niño tiene talento, pensó, y se preguntó por qué nadie se había dado cuenta en su progresista colegio privado. Era una de las primeras escuelas trilingües que enseñaba en inglés, español y mallorquín, y supuestamente desarrollaba los talentos en ciernes de sus alumnos. Los padres de Gabriel luchaban por pagar las exorbitantes cuotas de una educación que, a los sagaces ojos de Cliona, parecía estar volviendo a su nieto más retraído y menos sociable.

'Mira lo que te he comprado,' dijo un jueves de mayo tras un gran plato de espaguetis pálidos manchados de salsa de tomate roja como la sangre.

Puso sobre la mesa un paquete plano, de forma rectangular con una joroba en el centro.

Gabriel parecía consternado.

'Pero aún no es mi cumpleaños y sabes que quiero ir al anillo de las hadas en Kerry como regalo. Me lo prometiste.'

'¿Y qué te hace pensar que es un regalo de cumpleaños? Ábrelo, ¿quieres?'

Gabriel retiró lentamente el papel marrón. Era un bloc de dibujo profesional con tapa dura de color negro y rojo.

La joroba era un pequeño estuche con seis finos lápices de dibujo en su interior, todos afilados exactamente con la misma punta.

'¿Es para el colegio?' preguntó Gabriel sin comprender.

'No, Gabriel, es demasiado bueno para esa escuela tuya. Esto es para que dibujes el anillo de hadas en Kerry y cualquier otra cosa que te llame la atención aquí.'

Gabriel se quedó mirando el bloc y luego a su abuela. Las lágrimas empezaron a rodar por la pálida curva de sus mejillas.

'Nadie nunca ha sido tan bueno conmigo,' dijo, 'ni siquiera mamá y papá.'

Ella observó con placer cómo él pasaba el dedo por las páginas como un artista, observando su textura y grosor, y luego cerraba cuidadosamente el bloc y lo abrazaba contra su estrecho pecho.

'Abuela, ¿puedo guardarlo aquí, por favor?'

'Es tuyo, así que puedes hacer lo que quieras con ello.'

'Es que no quiero que papá y mamá me echen la bronca por no hacer los deberes y, además, no quiero que nadie vea mis dibujos.'

'¿Ni siquiera yo?'

'¡Sólo tú, abuela! ¿Y sabes qué? Voy a regalarte mi primer dibujo.'

'Pues me muero de ganas, Gabriel. Pero dime, ¿tu profesora no ha visto lo bien que dibujas?'

Gabriel la miró y las lágrimas comenzaron a rodar de nuevo.

'No me deja dibujar porque no tengo lápices de colores.'

'¿Cómo que no tienes? Estaba con tu madre cuando los compró en la papelería.'

'Los otros niños me los quitaron.'

'¡Malditos bastardos! ¿Y no se lo has dicho a tu profesora?'

'No puedo, abuela. Si lo hago, se me echan encima en el patio. La profesora cree que los he perdido y me castiga.'

'¡Dios todopoderoso! Tu madre me ha dicho que siempre pierdes las cosas del colegio. ¿No le has dicho por qué?'

'No. No quiero que vaya a hablar con la profesora. Mamá grita mucho cuando está enfadada. Si castigan a los niños por mi culpa, querrán matarme. No quiero que me odien aún más, abuela. Y, por favor, no se lo digas a mamá ni a papá. No lo harás, ¿verdad?'

El pánico en los ojos de Gabriel frenó su creciente ira.

'No te preocupes. Encontraremos una solución, mi niño,' -dijo, y tamborileó los dedos en la mesa de roble pálido. Su corazón palpitaba con rapidez y tuvo que apoyar la frente en la mesa.

'¿Qué pasa, abuela? ¿Abuelita? Te has puesto blanca.' Gabriel le quitó suavemente las gafas que tenía torcidas en la mejilla izquierda.

'Tráeme mis pastillas del armario que tienes detrás, las del frasco marrón, y un poco de agua,' dijo con voz átona y sin aliento.

Gabriel hizo rápidamente lo que le habían ordenado. Cliona se tragó dos pastillas y revivió lentamente.

'No te vas a morir, ¿verdad?,' susurró, y le agarró la mano.

'Puedes apostar tu vida a que no lo haré en mucho tiempo,' dijo, más preocupada por asustar a su nieto que por la arritmia de su corazón. '¡Quiero estar cerca para ver lo que haces! Sólo tengo que seguir tomando las pastillas.'

Más tarde, ese mismo día, Gabriel resolvió que siempre le recordaría que se tomara las pastillas y pensó que no la molestaría con sus historias sobre el colegio; en vez de eso, las dibujaría. No podía imaginarse la sombría perspectiva de la vida sin el refugio que le proporcionaba su abuela, ni la comprensión sin esfuerzo que mostraba hacia su mundo interior.

A la semana siguiente, Rosa llamó de improviso; sus llamadas solían encajar en un horario apretado -los martes y jueves a las nueve de la noche estaban asignados a su madre- por lo que Cliona sintió una punzada de preocupación.

'Mamá, mañana por la tarde hay una reunión de padres en el colegio. ¿Podrías ir por mí? Tengo que terminar un proyecto para el trabajo al día siguiente y Daniel tiene otra reunión en la oficina,' dijo Rosa.

Cliona sonrió para sus adentros cuando detectó el tono avergonzado en la voz de su hija y agradeció la suerte de sus astros irlandeses.

'Bueno, está bien, pero ya es hora de que uno de vosotros dos vaya a estas reuniones, por inútiles que sean. Yo fui a todas las vuestras, ya lo sabes.'

'Vale, mamá, no empieces con tus sermones. Empieza a las seis, y no te olvides de preguntarle a la profesora cómo le va a Gabriel. Si pierdes el tiempo hablando con todo el mundo después de la reunión, se te escapará,' dijo, su voz sonaba ahora con impaciencia.

'Puedes estar segura de que no lo haré,' dijo Cliona, y colgó con regocijo.

***

Los cansados ojos azules de Cliona observaron a la

11

profesora y se desanimó al verla. Tenía unos cuarenta años y era nervuda y marchita. Una masa quebradiza de rizos grises con reflejos rubios le cubría los hombros. Tenía el entrecejo fruncido y el carmín rojo hundido en los pliegues de sus finos labios. Su mandíbula, tensa y beligerante, desmentía unos rasgos por lo demás delicados, y ninguna melena abundante podía contrarrestar su cincelada determinación. Dos canicas marrones sin pestañear observaban a los parlanchines padres apiñados en las sillas de los niños.

Apuesto a que lee *Nuevos avances en educación* en la cama todas las noches, aunque poco bien le hace, pensó Cliona, y se esforzó por reprimir el impulso de golpear con fuerza el pupitre que tenía delante.

La profesora se aclaró la garganta para dirigirse a los padres en voz alta y chirriante:

'Muchas gracias a todos por venir. Y, por favor, asegúrense de firmar el formulario de asistencia que se está distribuyendo. El motivo de esta reunión un tanto improvisada es informarles de que, debido a la reciente preocupación por los casos de acoso escolar que se han detectado en muchos colegios de todo el país, hemos invitado a un psicólogo infantil para que dé charlas a los alumnos a partir de ocho años. Se trata de concienciarles de los efectos devastadores del acoso escolar y de cortarlo de raíz, por así decirlo. El objetivo del psicólogo es animar a los niños a hablar abiertamente de cualquier muestra de crueldad de sus compañeros y disuadir a los que muestran esta tendencia. Nuestra escuela también ofrece orientación a los padres que creen que su hijo puede ser víctima de acoso.'

Algunos de los padres miraron horrorizados a la profesora, mientras otros empezaron a cuchichear entre ellos.

Cliona levantó la mano para hablar, pero la Sra. García le hizo un gesto con la mano para que no lo hiciera y continuó hablando en voz aún más alta.

'Y como incentivo para que nuestros alumnos aumenten su concienciación sobre este tema tan inquietante, estamos organizando un concurso de arte para cada grupo de edad. Habrá un premio para el mejor dibujo que exprese la angustia de ser acosado, y el ganador de cada categoría participará también en un concurso regional sobre el mismo tema. ¡Los dibujos se realizarán en el aula para evitar cualquier ayuda en casa! Y, por favor, asegúrense de que sus hijos traigan sus lápices de colores a clase. La escuela proporcionará las hojas de papel.'

'Cuánta generosidad,' dijo Cliona en voz baja, y llamó la atención de la mujer sentada a su lado, que asintió con la cabeza. La Sra. García las fulminó con la mirada y carraspeó.

'Me complace decir que en esta clase no he detectado ningún caso. Por supuesto, ¡sólo tienen nueve y diez años! No obstante, siempre es beneficioso abrirles los ojos desde una edad temprana y desalentar cualquier indicio.'

'Como si se fuera a dar cuenta,' susurró Cliona, y reprimió el impulso de despejar la flema de su garganta. La Sra. García le regaló a su público una sonrisa forzada y cansada.

'Por falta de tiempo, me temo que en este momento no puedo atender las consultas de los padres sobre el rendimiento de sus hijos. Por favor, pidan una cita si ese es el caso. ¿Alguna pregunta?' Sin conceder siquiera cinco minutos de cortesía, la Sra. García dio las gracias a los padres por acudir a la reunión de cinco minutos, recogió sus papeles y se dirigió a la puerta.

'Ah, no, no te me escaparás,' murmuró Cliona para sus adentros, y se levantó rápidamente de la silla y bloqueó la puerta con su cuerpo amplio.

'Sra. García,' dijo intentando esbozar una dulce sonrisa, 'veo que tiene prisa y no quiero causarle ninguna molestia, pero tengo que hablar con usted un momento.'

'Señora O'Connell, si se trata de Gabriel, acabo de decir que hay que concertar una cita. ¿Tal vez su hija podría hacerlo?' Miró a Cliona como si fuera medio tonta.

'La he entendido perfectamente, señora García. No tiene nada que ver con el rendimiento de Gabriel, sino con el concurso de dibujo,' dijo Cliona, y aprovechando su mayor tamaño, impulsó a la profesora hacia el pasillo. 'Aquí podemos tener un poco más de intimidad.'

'Tengo prisa. ¿De qué va todo esto?' dijo, soltándose del brazo de Cliona y girándose para ver si los demás padres y abuelos hacían cola detrás. 'Será mejor que me acompañe al coche.'

'No hay ningún problema, Sra. García. No la entretengo ni dos minutos.'

Cuando llegaron al Citroën negro de la profesora, Cliona abrió su bolso y sacó un paquete de doce lápices de colores.

'Son para Gabriel, pero se los doy a usted para que se los guarde bien. Cada vez que tenga una clase de dibujo, y especialmente para el concurso, quiero que se asegure de que él tenga estos lápices. Luego se los tiene que devolver a usted. ¿De acuerdo, Sra.?'

'Pero esto es ridículo. A su edad tiene que cuidar de sus propias pertenencias. Siempre está perdiendo cosas. Así no aprenderá nunca,' dijo con aire de resignada superioridad.

'¿Y nunca se ha preguntado si tal vez Gabriel no los pierde, sino que se los quitan? ¿Nunca se ha dado cuenta de cómo lo tratan los otros niños?' dijo Cliona con toda la frialdad de que fue capaz.

'Tonterías. Nada de lo que sugiere ocurre en mi clase. Yo debería saberlo. Paso cinco horas con ellos todos los días. Y esto realmente sería señalarlo delante de los otros niños. Y, por cierto, debería controlar su lenguaje. El otro día le oí decir 'joder'. Hablaba solo en el patio, pero lo dijo lo suficientemente alto como para que yo lo oyera. No puedo imaginar de quién lo ha copiado. Ahora, si me disculpa, debo irme. Puede darle los lápices a Gabriel usted misma,' dijo, y metió el paquete en la bolsa de Cliona.

'No se vaya tan rápidamente, Sra. García. Su director era un antiguo colega de mi difunto marido y a menudo venía a cenar a nuestra casa. Estoy segura de que no le gustaría que sospechara de un caso de acoso escolar en su clase,' dijo, y puso los lápices encima de la pila de papeles de la Sra. García.

'Ah, y, por cierto, ni una palabra de esto a los padres de Gabriel ni a los niños de su clase. Creo que se va a llevar una sorpresa, Sra. García.' Cliona le dio una palmadita en el brazo y se marchó, con dos brillantes manchas rosadas en las mejillas, dejando a la profesora boquiabierta, desplomada contra su coche y, sintió Cliona agudamente, taladrando agujeros de odio en su espalda.

***

El jueves siguiente fue un luminoso día de primavera. La luz mallorquina, aún sin el resplandor agresivo del verano, destilaba la esencia más pura de cada color sobre el que caía. Las jacarandas que bordeaban las calles estaban en plena floración, y Gabriel recogió unas cuantas de las pegajosas flores en forma de campana que cubrían el pavimento. Se entretuvo de camino a casa de su abuela y estudió las flores que se marchitaban rápidamente en su mano. Se preguntaba cómo podría copiar su tono azul violáceo con los lápices de colores que también le había regalado su abuela.

'Bueno, ahí estás, mi niño. ¿Por qué has tardado tanto en llegar? La pasta ya se habrá convertido en un pegote', regañó Cliona con una sonrisa en la cara. '¿Y qué era esa melodía que estabas tarareando? Nunca la había oído.'

'Mira estas flores, abuela,' dijo. 'Quiero dibujarlas, pero no tengo este tono de azul. ¿Crees que podrías adelantarme mi regalo de cumpleaños? ¿Me das pinturas? No te pediré nada más, te lo prometo.'

'Bueno, déjame pensar cuánto costarían unas pinturas,' dijo Cliona, frunciendo el ceño. 'Te diré una cosa. Te lo descontaré de tu regalo de cumpleaños, pero tienes que venir conmigo a buscarlas. No tengo ni idea de cuáles elegir.'

Gabriel abrazó a su abuela y enterró la cabeza en su cálido pecho, no sin antes haber colocado cuidadosamente las flores de jacaranda sobre la mesa.

'¿Sabes qué, abuela? Hoy en el colegio hemos hecho el dibujo para el concurso. No hemos tenido clases normales. Ha venido un hombre a explicarnos qué es el acoso escolar y hemos tenido que hacer un dibujo sobre esto. Esta vez, la Sra. García me ha dado lápices de colores, un paquete nuevo sólo para mí, pero después he tenido que devolverlos. A lo mejor ahora le caigo bien.'

'¡Qué bien, Gabriel! ¿Y qué has dibujado?'

'Hice una tira cómica. Tiene cinco partes.'

'¿De verdad? Debió de ser muy difícil de hacer para un chico tan joven. ¿Puedes decirme cuál es la historia?'

Gabriel guardó silencio un momento y luego habló en voz baja.

'Se trata de mí, abuela.'

***

Diez días después, Cliona abrió la puerta a Rosa, que había pasado por allí después de recoger a Gabriel del colegio. Entró en la cocina a paso ligero, con su hijo detrás. Cliona observó a su hija, que vestía elegante ropa de oficina, con su largo pelo negro recogido en un moño que endurecía sus rasgos élficos, y se preguntó cómo había podido dar a luz a alguien tan diferente de ella.

'Mamá, nunca adivinarás lo que ha pasado,' dijo sonriendo a Gabriel, cuyo parecido con su madre se detenía en el físico.

'¿Y qué sería eso, Rosa?,' dijo su madre, molesta por haber sido despertada de su siesta en el sofá, donde ahora se había extendido de nuevo.

'El dibujo de Gabriel ha ganado el premio de su categoría y se ha presentado al concurso regional. No sabía que dibujara tan bien.'

Cliona se levantó rápidamente y fue a la cocina.

'Ven aquí, mi niño,' dijo, 'te voy a matar de abrazos.'

'¿Has visto el dibujo, Rosa?' preguntó Cliona tímidamente.

'Todavía no. Su profesor dice que el viernes por la tarde habrá una pequeña exposición para el día de puertas abiertas de la escuela. ¿Cómo supiste qué dibujar, Gabriel? No es fácil hacer un dibujo sobre el acoso escolar, ¿verdad?'

Gabriel se encogió de hombros y miró a su abuela.

'Quiero que la abuela venga también el viernes,' dijo. 'Le gustan mis dibujos.'

'¿Qué dibujos? Nunca he visto ninguno en casa,' dijo Rosa, mirando a su madre con desconfianza.

'Gabriel dibuja conmigo los jueves, ¿verdad, Gabriel? Tengo una carpeta donde los guardo. Incluso ha copiado mi foto de Lough Brin. ¿Quieres echarle un vistazo?'

'Tenemos que irnos. Echaré un vistazo la próxima vez. Estoy deseando contárselo a Daniel. Vamos, Gabriel, y ponte recto, ¿quieres?,' dijo mientras bajaba los escalones.

***

La exposición se celebró en el vestíbulo de la escuela, que desprendía un olor nauseabundo a comedor, desinfectante y pintura mohosa. Se habían colocado apresuradamente unos endebles tablones de madera, sobre los que estaban grapadas las obras de arte realizadas a lo largo del año. Una sección se titulaba 'Dibujos premiados sobre el tema del acoso escolar'. Había seis dibujos -uno por cada grupo de edad-, pero el cómic de Gabriel destacaba espectacularmente sobre los otros cinco. Los padres lo contemplaron con expresiones de incomodidad e incredulidad. Miraron con recelo a la Sra. García y a sus propios hijos, y luego abandonaron la sala hablando en susurros. Cliona esperó a poder contemplar ella sola la obra de Gabriel.

La primera parte del cómic mostraba un desolador patio de colegio, que recordaba al patio de una cárcel, con altos muros y sin vegetación. Fuera de las verjas, los padres se marchaban en sus coches o hablaban entre ellos mientras los niños cruzaban las puertas. El segundo era un rincón del patio de recreo. Un niño moreno estaba recibiendo patadas y pellizcos de un grupo de cinco niños de su misma edad. Pero no se defendía, sino que les tendía su mochila con una

18

mirada de resignada desesperación. En el tercero, los niños habían vaciado su mochila en el suelo. Recogían sus lápices de colores y se los metían en los bolsillos. La cuarta muestra el aula con sus ordenadas filas de mesas y sillas. Los niños están en sus pupitres, dibujando en cuadernos con lápices de colores. La profesora, una mujer de pelo rizado y tieso, mira enfadada al niño que no tiene lápices de colores en su mesa. Tenía la cabeza gacha, pero cinco niños le señalaban y se reían de él. El quinto mostraba el recreo en el patio. Algunos niños corrían, otros hablaban en grupo, pero el niño comía su bocadillo solo en el rincón más oscuro. En el centro del patio había dos profesoras de guardia muy juntas, con la cabeza bajada, enfrascadas en una conversación. El cómic estaba dibujado con trazos escuetos de negro, blanco y gris. Sólo los lápices tenían colores vivos: rojo, azul, amarillo, verde, morado, rosa y naranja.

'¡Cliona! Me alegro de verte después de tanto tiempo. ¿Puedo hablar un momento contigo, lejos de este ruido?' dijo un hombre de unos sesenta años, moreno y calvo, con aspecto de empresario elegante en su traje claro inmaculado.

Cliona dejó de mirar el cómic. Intentó controlar las lágrimas y saludó al Sr. Marín, director de la escuela de su nieto.

'Tienes un nieto con mucho talento, Cliona, y parece que ha destapado un caso de acoso en este mismo colegio. ¿O es sólo su imaginación, me pregunto?'

'Juan, voy a hablar claro,' dijo Cliona, a quien no le importaba si luego su yerno la llamara vieja entrometida. Esta es la historia de Gabriel, ¿no lo ves? Y si no se hace nada al respecto, el año que viene no continuará en este colegio.'

El Sr. Marín no perdió la compostura. Después de todo, tenía un máster en relaciones públicas, pero su boca se tensó y en su labio superior aparecieron unas gotas de sudor. Miró al otro lado del vestíbulo a la Sra. García, que se arremolinaba con los padres e intentaba parecer imperturbable al ver al director hablando con Cliona.

'No te preocupes, Cliona. Voy a hacer algunos cambios en esta escuela. Pero ojalá me lo hubieran dicho antes.' Se dio la vuelta y se dirigió enérgicamente hacia Rosa.

Después de la exposición, Rosa cogió a Gabriel de la mano y lo sacó del vestíbulo. La historieta de Gabriel y la sorpresa del director ante su desconocimiento de su sufrimiento la habían sacudido profundamente.

'Lo siento, Gabriel. ¿Por qué no me lo dijiste? ¿Qué puedo hacer para arreglarlo?'

'Quiero ir a Irlanda con la abuela a ver el anillo de hadas. Ellas lo arreglarán.'

Rosa suspiró. 'Olvídate de las hadas, Gabriel. Yo lo arreglaré. Esos niños no volverán a acosarte. Voy a hablar personalmente con sus padres y también lo hará el Sr. Marín. Y podrías haberme pedido los lápices y el papel para dibujar. Nunca me dices nada. Soy tu madre, ¿sabes?'

'Pero siempre tienes prisa y nunca estás contenta conmigo como la abuela. ¿Me dejarás dibujar en casa?' preguntó ansioso.

'Está bien, está bien, pero primero los deberes,' dijo ella, y le besó la parte superior de la cabeza. Gabriel se apartó rápidamente.

***

Llegó junio y, con él, el fin de las clases. El informe escolar de Gabriel, no muy favorable, se vio mitigado por la noticia de que había ganado el concurso regional de dibujo. A sus padres, informados de su excepcional capacidad artística, se les aconsejó que le permitieran asistir gratuitamente a clases de dibujo para niños en la Escuela Oficial de Arte de la ciudad. Sus mentes prácticas tardaron un tiempo en encontrar su utilidad para el futuro de Gabriel, pero finalmente aceptaron con la esperanza de que se convirtiera en un 'niño normal y sociable', y no en un friki del arte. Su abuela defendió su causa con toda la pasión de su absoluta fe en él.

'Madre de Dios, Rosa, ahí no tienes un niño normal, tienes uno extraordinario. Deja de querer que sea como los demás y dale el espacio que necesita para desarrollarse. Necesita alejarse un tiempo de Mallorca para recuperarse. Nuestro viajecito a Irlanda le vendrá muy bien, ¿no lo sabes?'

'Está bien, madre, pero asegúrate de no contarle más cuentos de hadas. Tiene casi diez años, por el amor de Dios. Y, por favor, deja de decir palabrotas delante de él.'

*****

Gabriel pinchó *a dumpling*, una bola de masa hervida, en su guiso y la miró con desconfianza.

'¿Qué es esto? ¿No hay espaguetis en Irlanda?', preguntó a su tío abuelo Rory, que le estaba sirviendo grandes cantidades de estofado en el plato.
'Tienes que probar un buen estofado irlandés,' dijo Rory, sonriéndole. Nada de esa porquería extranjera en mi casa. Necesitas ponerte más fuerte, muchacho. Si pasaras unos días conmigo, pronto te pondría color en las mejillas.'

Gabriel y Cliona habían llegado a Dublín el primero de julio. A Gabriel le impresionaron sobre todo dos cosas: la piedra gris oscura de los edificios, cuya textura fría y húmeda se le calaba en los dedos al acariciar las paredes que se ennegrecían con la lluvia; y la calidez y amabilidad de la gente, que le sonreía y hablaba con él como si fuera el niño más fascinante de la ciudad. Se preguntó cómo los edificios húmedos y la capa gris predominante de nubes podían producir habitantes tan alegres. Nadie debe sentirse solo aquí, pensó.

Se alojaron sólo una noche en el espacioso piso diseñado por el arquitecto Rory. El hospitalario hermano mayor de Cliona también les prestó su coche para el viaje al condado de Kerry. Había trazado con todo detalle el trayecto hasta Lough Brin. Cliona era consciente de lo mucho que él dudaba de sus habilidades de navegación, cosa que ella también hacía, pero cuando él se ofreció a conducirlos, ella se negó tan amablemente como pudo.

'Sólo tenemos que ser el niño y yo, Rory. Te lo explicaré más tarde,' le dijo a su corpulento y amable hermano. Sintió una punzada de culpabilidad porque sabía lo mucho que aquel hombre solitario había deseado su compañía, y también sabía que él era demasiado sensible a sus necesidades como para insistir. Observó cómo cubría su decepción preparando montones de bocadillos y revisando el coche para el viaje. Y pensó que ya era hora de que hiciera más visitas a Dublín.

Cliona y Gabriel se levantaron temprano a la mañana siguiente. El aire de Dublín era fresco y penetrante y despertó en los corazones de ambos la magia de la esperanza, de la posibilidad sin fin. Mientras Cliona cargaba el coche con comida y mochilas, sintió que su corazón se dilataba con una oleada de euforia, como cuando era una niña llena de una expectativa maravillosa. Ella también estaba a punto de descubrir la tierra mágica que se escondía tras la fotografía que la había cautivado décadas atrás. La imagen enmarcada en su salón era el corazón salvaje de Irlanda, que con el paso de los años se iba desvaneciendo en su memoria. Su nieto la estaba guiando de vuelta, de vuelta al oscuro lago de sus comienzos, al redescubrimiento de quién era antes de que la vida en Mallorca difuminara los bordes de su alma irlandesa.

'Ten cuidado con mi mochila, abuela. Tengo una caja especial dentro,' dijo Gabriel, con la cara blanca de excitación, 'y no te olvides de tus pastillas.'

'No te preocupes por eso. No le pasará nada a tu caja. Ahora siéntate y disfruta del paisaje. Nos dirigimos a Killarney, donde pasaremos la noche, y al día siguiente iremos a Lough Brin. Y no temas, ¡tu abuela será guiada por las hadas viajeras!'

'¿Has visto alguna vez un hada, abuela?'

'Bueno, creo que vi una cuando era niña. Tenía unas alas translúcidas preciosas y una cara descarada. Pero puede que fuera mi imaginación.' Vio cómo Gabriel abría la boca con asombro. Entonces empezó a cantar:

'¡Ven, oh niño humano!

A los bosques y aguas salvajes,

Con un hada de la mano,

Porque el mundo está más lleno de llanto que

Puedas entender.'

Gabriel se sentó en el borde de su asiento. 'Sigue, abuela, ¡me gusta! ¿Qué es?'

'Es de un poema llamado "El niño robado" de un famoso poeta irlandés llamado Yeats. No recuerdo más. Te lo buscaré cuando lleguemos a casa. Ahora, ponte cómodo. A veces tendremos que parar a mirar el mapa. Tendrás que ayudarme con eso, Gabriel. Tu tío Rory cree que podemos perdernos, pero le demostraremos que no es así, ¿verdad?

Al final llegaron a la ciudad de Killarney por la tarde, después de dar varias vueltas en falso y de estudiar detenidamente el mapa. Recorrieron las estrechas calles en busca del hostal que Rory les había reservado. Estaba cerca de la catedral de Santa María. Gabriel miró asombrado su estructura. Construida en piedra marrón y gris, su austera belleza se veía realzada por un fondo de lagos y montañas que le llamaban a vagar libremente y sin miedo. Pensó en la catedral gótica de Mallorca, rodeada por el mar y las antiguas murallas de la ciudad, magnífica pero estática. Pero esta catedral azotada por el viento le invitaba de algún modo al movimiento, a la exploración, al descubrimiento de lo que había más allá.

Observó los edificios del centro de la pequeña ciudad mientras caminaban por las estrechas calles, y pensó que podría vivir allí fácilmente. No tenían nada de grandiosos con sus fachadas de color rojo, crema y marrón; eran edificios hogareños y acogedores, a diferencia de los imponentes bloques que le intimidaban en Palma. Su abuela le contó que muchas de ellas eran casas de huéspedes que ofrecían descanso y reposo a viajeros abrumados por explorar la belleza salvaje de la campiña circundante. Él también empezaba a sentirse abrumado, así que cuando Cliona le preguntó si quería explorar más antes de instalarse en el hostal, Gabriel, ahora encerrado fuertemente en sí mismo, dijo que prefería hacerlo a la vuelta. Primero tenía que ver el anillo de hadas. En ese momento sólo quería cenar e irse a la cama para que la mañana llegara rápido.

A las nueve, él y su abuela estaban tumbados en la chirriante cama de matrimonio que se encajaba en su diminuta habitación. Gabriel contó durante un rato las grietas en la pintura blanca desconchada del techo e imaginó lo que le esperaba al día siguiente. Esperó a que Cliona se durmiera y, cuando estuvo seguro de que lo había hecho, se levantó y abrió la caja. Hurgó en su contenido y, cuando estuvo satisfecho, la guardó con cuidado en la mochila. Luego se acurrucó junto a su abuela y acabó durmiéndose al ritmo de sus suaves ronquidos.

Gabriel se despertó con el coro del amanecer y el primer hilillo de luz que entraba por las raídas cortinas.

'Abuela, abuela, ¿estás despierta?' susurró y le dio un codazo.

'Bueno, por Jesús, ahora sí que lo estoy,' gruñó.

'Vámonos entonces, abuela. No puedo esperar más. ¡Por favor!'

'Vale, vale, aguanta, Gabriel. Tendremos que llevarnos el desayuno. Nadie está levantado a estas horas, eso es seguro.'

Acababa de amanecer cuando subieron al coche con sus mochilas. Unas pocas nubes doradas suavizaban la luz del sol, que resaltaba el rocío en los tejados y las farolas.

'Vamos a tener buen tiempo, Gabriel. Es sólo una hora de camino; pronto estaremos allí,' dijo, y esperó que no fuera demasiado para su nieto de aspecto frágil, que estaba pálido por la sobreexcitación.

Atravesaron la ciudad en coche, en silencio salvo por los ladridos ocasionales de los perros o el gorjeo de los pájaros. Atravesaron la escarpada campiña, con la larga hierba revuelta y reluciente de humedad, y pronto se acercaron a

Lough Brin. El lago se encontraba en un valle austero, al pie de las laderas verdes y casi desnudas de unas montañas bajas: las McGillycuddy Reeks, le dijo Cliona a Gabriel. A medida que se acercaban, podían ver Lough Brin a la izquierda, un lago tranquilo iluminado en algunos puntos por el sol brumoso. Y en el centro de la vista, sobre un montículo de hierba, se alzaba un espino solitario en plena flor blanca, enmarcado a ambos lados por las montañas. No había más árboles a la vista, sólo un salpicado de arbustos y rocas musgosas.

'¡Mira! dijo Gabriel, señalando el espino rodeado de un halo de luz mientras hacía sombra momentáneamente al sol. ¡Igual que en tu foto!'

'¡Santa Madre de Dios, si es lo mismo!' exclamó Cliona. 'Elegimos el día correcto, ¿no?'

Cliona aparcó el coche en un camino de herradura al pie de la colina y empezaron a subir, la mochila de Cliona llena hasta arriba con el desayuno, la de Gabriel con su cajita de contrachapado y su bloc de dibujo. Cliona resopló cuesta arriba, pero Gabriel siguió corriendo hasta llegar al espino.

'¿No quieres esperar un poco, Gabriel?' llamó Cliona. Tengo sesenta años, no diez. Las pastillas no pueden cambiar eso.'

Gabriel, embelesado, no respondió, pero se mantuvo a una respetuosa distancia del árbol. Había sacado la caja de su mochila y la sostenía como una ofrenda.

'¿No es una visión preciosa?', dijo Cliona cuando por fin llegó jadeando junto a su nieto. 'Y tengo que darte las gracias, Gabriel, por traerme aquí. Esto es un regalo para los dos, ¿sabes? Pero ahora sentémonos y tomemos algo. Casi se me sale el corazón por la boca.'

'Espera un momento, abuela. Primero tengo que hacer una cosa.'

Gabriel se acercó lentamente al anillo de rocas, se arrodilló y abrió la caja. De ella sacó unas aceitunas, unas piedras blancas y una hoja de papel.

'¿Qué tienes ahí?' dijo Cliona, acercándose por detrás.

Era un dibujo de su olivo con un círculo de pequeñas piedras de forma irregular alrededor de la base del tronco.

'Esto es un regalo de Mallorca para las hadas,' dijo Gabriel con solemnidad, y colocó las aceitunas, las piedras y el dibujo dentro del anillo de rocas. Luego cerró los ojos y susurró: 'Hola, hadas. En Mallorca no tenemos anillos de hadas, así que he hecho uno de mentira en el jardín de mi abuela, como el de mi dibujo. ¿Os gustaría a alguna de vosotras ir allí a hacer uno de verdad? Yo me aseguraría de que nadie os hiciera daño y podríais cantar y bailar eternamente bajo los pinos y los olivos.'

Cliona cogió la mano de Gabriel y ambos se arrodillaron sobre la áspera hierba. Había una brisa fresca que hacía crujir las ramas del espino y sólo los débiles sonidos del zumbido de los insectos y los lejanos gritos de los pájaros sobre el lago rompían el silencio.

Al cabo de un rato, Gabriel dijo en voz baja: 'Abuela, abuela, las hadas me han hablado. Dijeron que preferirían quedarse en Irlanda porque éste es su hogar, pero que si me concentraba mucho, seguro que vería un hada mallorquina en los bosques de allí. Y dijeron que si alguna vez necesitaba ayuda, sólo tenía que llamarlas y ellas me protegerían. Y sabes, abuela, me dijeron que siguiera dibujando, porque un día sería un gran pintor y nadie volvería a reírse de mí.'

Cliona abrazó a Gabriel. 'Y tienen razón, mi niño. Serán tus protectores toda tu vida porque tienes un corazón puro y puedes ver y dibujar lo que otros no pueden.'

Gabriel se zafó suavemente del abrazo de su abuela y se acercó al anillo de las hadas. Entonces, sin previo aviso, entró. Caminó contando los pasos: uno, dos, tres, cuatro... Luego se sentó en una roca y recorrió con los dedos, con gran ternura, las curvas y los bordes de la piedra. Al cabo de un rato, salió del círculo y fue a sentarse junto a Cliona, que estaba tendiendo un mantel para el desayuno.

'¡Madre de la Divina Gracia, me preguntaba si habías desaparecido con la Gente Pequeña!' exclamó y le entregó un sándwich de crema de chocolate.

Saciados de aire puro y tranquila alegría, comieron sus bocadillos en silencio bajo el pálido dosel de la madrugada. Ambos volverían a esa hora sagrada en los años venideros; nunca se apagó en su memoria.

Cuando Cliona estaba recogiendo los restos, Gabriel dijo: 'No nos vayamos todavía, abuela. Quiero dibujar el anillo de hadas. He traído mi bloc de dibujo.'

Cliona se tumbó boca arriba y observó cómo un escarabajo corría por una brizna de hierba abierta, mientras Gabriel esbozaba y borraba hasta que quedó satisfecho con la representación final del anillo de hadas. Estaba sumida en un profundo estado de ensoñación, con el cuerpo amoldándose a la tierra y las raíces, cuando la voz de Gabriel la sacó de sus ensoñaciones.

'¡Mira, he terminado!'

Dentro del anillo había dibujado un círculo de hadas sonrientes con trajes y vestidos de colores; sin alas, sólo *Little*

People, y en el centro del círculo estaba él mismo, no más alto que ellas, con un bloc de dibujo en la mano.

'Abuela, las hadas son mis amigas, las únicas amigas que tengo aparte de ti. Cuando sea mayor, construiré una casa aquí y me pasaré el día pintando y mirando. ¿Vendrás conmigo?'

'¿Qué no sabes que siempre estaré contigo, Gabriel?', dijo, y se recostó en la hierba.

Los últimos meses
de
Violet Koski

Seaford, Inglaterra, 2015

Noviembre

Me han traído a este lugar desde el hospital. Creía que me iba a casa, pero no, he acabado en 'la mejor residencia de ancianos de la ciudad,' según me han dicho, 'y está muy cerca de tu casa, querida.' Conozco la calle. Al fondo está el mar. Solía pasar por delante de esta casa en el autobús. Y ahora estoy en ella. No es que no sea bonita; la habitación da a arbustos y árboles, por lo que puedo ver. Pero es noviembre, noviembre oscuro, y no entra mucha luz por las grietas de mi pobre retina, carcomida como si un ratón la hubiera estado mordisqueando todos estos años hasta dejarla como un queso emmental, con más agujeros que sustancia para ser útil.

Distingo un armario junto al sillón donde me han dejado sentada, demasiado agotada para hacer el menor movimiento. Es demasiado pequeño para toda la ropa que tengo en casa. Alice dice que me traerá algunos de mis tops y jerséis más bonitos. Pero ¿para qué me sirve algo bonito aquí? Lo que queda de mi rápidamente menguante vanidad desaparecerá sin duda en esta habitación. Porque a eso me he reducido: a una habitación. Estoy siendo despojada. Antes, poco a poco, pero ahora se acelera, se reduce a lo esencial: un par de camisones, mis bragas, chalecos. Nada de sujetadores, ¿para qué? No hacen más que clavarse en mi huesuda espalda, y los pechos que una vez fueron mi orgullo siguen colgando hasta mi cintura, por mucho que intente meterlos en esas copas ridículamente pequeñas (¿en qué estaría pensando Alice cuando las compró?) Se deslizan hacia afuera como dos anguilas resbaladizas, largas y delgadas. ¿Es un televisor lo que hay encima de una cómoda frente a la ventana? No me sirve de mucho ahora. En casa puedo sentarme hasta el borde de mi televisor. Colocaron mi sillón en el ángulo justo para que, si miraba de reojo, pudiera captar algunas imágenes en la pantalla. Aquí no puedo hacer eso. Otra cosa de la que estoy despojada: mi sillón y mi televisor.

Alice vino hoy. Me he alegrado tanto de verla que he llorado un poco. Ha elegido mis mejores jerséis y me los ha enseñado antes de doblarlos y guardarlos en los cajones, todo limpio y ordenado. Ha colgado un par de chaquetas y pantalones en el armario, bullendo de un lado para otro con su energía habitual. Luego dijo, 'Mira, Violet, te he traído tus favoritos. ¿Cuál quieres ponerte hoy?' Hice un esfuerzo, sólo por ella, y elegí cualquier cosa porque, en realidad, veo mucho menos de lo que ella u otras personas creen. El orgullo me ha convertido en una buena actriz, aunque quizá todo el mundo me siga el juego. Pero la verdad es que ya no me importa lo que me pongo; no me importa cómo me queda el pelo, aunque Alice lo haga tan bien. Me importaba, un poco, cuando podía elegir qué ponerme y todavía era capaz de pasarme un peine por el pelo ralo para darle un poco de volumen, mirándome en el espejo de aumento de mi habitación; y luego con los ojos entrecerrados intentaba mirar por la ventana, para ver qué aspecto tenía el jardín, sintiéndome triunfante si lograba vislumbrar un arbusto. Me tranquilizaba oír a los pájaros o si se colaba algún rayo de sol, porque sabía que todo estaba allí. Y contaba los días que faltaban para la primavera, cuando podía sentarme bajo el cerezo, cerrar los ojos y escuchar a los gorriones o a la pareja de mirlos que volvía a anidar cada año. Disfrutaba quejándome de los graznidos de las gaviotas y del ruido que hacían los escolares en el campo de juego cercano; o cuando podía escuchar la obra de teatro en la radio bajo las flores que caían del árbol, con mi taza derramando té en mis pantalones.

Me dicen que hay un jardín precioso en la parte de atrás de la residencia y que cuando haga mejor tiempo me sacarán fuera en la silla de ruedas. Pero yo sólo quiero mi propio jardín. No quiero que me saquen fuera para airearme con los demás presos. Cuando me trajeron aquí, podía discernir una especie de madriguera de conejos; montones de pequeñas habitaciones, cubículos, rincones y recovecos donde menos te lo esperarías. ¿Cuántos de nosotros estamos hacinados aquí, por el amor de Dios? No es que no sea agradable, con bonitos muebles y colores, pero me había prometido a mí misma que nunca entraría en uno de estos sitios. Me daba escalofríos sólo de pensarlo, así que, ¿cómo ha ocurrido? ¿Cómo me han hecho esta maniobra? ¿Estuve de acuerdo en algún momento en el hospital cuando estaba tan bajo las ruedas, tan cerca del final, que simplemente me rendí? Seguro que no. Yo no soy así. Siempre fui una luchadora calladita. Me gustaría culpar a alguien; lo haría más fácil, pero al final sólo puedo acusar a este cuerpo podrido que no hace lo que yo le digo. Y no es que no haya escatimado mi energía con mucha precisión. Un poco aquí, un poco allá, para no colapsarme. Mi mente lo controlaba todo. He existido con cuidado, con cuidado de no caerme, con cuidado de no quemarme, con cuidado de tomar mis pastillas, contándolas dos veces al día. Algunas se perdían por el lateral de la silla, es cierto, pero la mayoría de las veces acertaba. Entonces, ¿cómo es que la cabeza y el cuerpo ya no se coordinan y estoy atrapada en este incómodo sillón esperando a que la enfermera venga a ayudarme a ponerme en la cama de aire y a traerme una taza de té? Podría llorar, pero no lo van a ver. Tal vez, si se dan cuenta de que soy espabilada, me dejarán irme pronto a casa. Tal vez.

Debo admitir que mi experiencia de dormir en una cama de aire es muy positiva. No me duele tanto la espalda. Es como estar en el mar, las olas ondulan suavemente, arriba y abajo, de lado a lado. A veces hace ruidos extraños cuando se llena. Es lo más cerca que voy a estar de flotar en el mar. Ah, el mar; tan cerca, sólo está al final de esta calle, pero tan lejos ahora. Nunca volveré a tumbarme en la playa pedregosa y contemplar el agua azul verdosa brillar al sol, ni sentir su abrazo helado en mi piel temblorosa. Cómo añoro el mar. Sí, lo sé, debo estar agradecida. Más tarde, me llevarán a la orilla y sentiré la brisa, oleré el aire de ese mar proletario, como lo llamó una vez mi hija Annie. Porque es un mar obrero, sin turistas, sólo algún que otro transbordador que cruza el Canal y caminantes solitarios que tiran piedras para sus perros. Pero no puedo verlo ni tocarlo. Fingiré. Diré: "Ah, sí, hoy está bastante tranquilo," para que mi acompañante se sienta mejor. Ahora que lo pienso, me he pasado media vida diciendo mentirijillas o medias verdades para que los demás se sientan mejor. Ahora no puedo esconderme de la verdad que tengo delante; tampoco puedo esconderme bajo las mantas, como hacía en mi infancia cuando no me gustaba lo que el mundo me echaba encima.

Una chica entró y corrió las cortinas, temprano por la mañana. Toda radiante y alegre, como suelen mostrarse en estos lugares, preguntó: '¿Quieres una taza de té, Violet?'

'No, no quiero, todavía es de noche, tonta.' Me gustaría decirlo, pero no lo hago porque sigo siendo la Violet amable y fácil de llevar que siempre es educada y no da ningún problema.

Así que pregunté: '¿Qué hora es?'. Las seis y media. Dios mío, ¿va a ser así todos los días? Dije que sí al té y no me lo tomé.

Van y vienen, me duchan, me traen pastillas, comida y té, lo que quiera. Aún no sé quiénes son. Siempre están cambiando. Quiero decirles bruscamente: 'Ponte delante de mí para que pueda verte. Dime cómo te llamas.' Pero, como siempre, no quiero molestarles y soporto una confusión que me entristece día a día.

¿Cuánto tiempo va a durar esto? De verdad que no puedo con esto, de verdad que no puedo. ¿Qué puedo esperar? ¿Qué me queda?

Ya sé. Me aseguraré de llegar a Navidad. Le pediré a las chicas que la pasen conmigo en casa. Seguramente, me dejarán salir entonces. Sí, estoy decidida a llegar a Navidad. Alice puede hacer una lista de cosas para comprar como todos los años, excepto que esta vez será la última.

¿Qué voy a hacer todo el día? Puedo escuchar la radio si alguien la sintoniza, o los audiolibros que Alice trajo de casa. Todavía puedo distinguir más o menos dónde está el botón de arranque. El problema es que me quedo dormida a la mitad y luego no sé dónde estoy y no puedo hacer retroceder el maldito trasto a donde estaba antes. Y no voy a volver a preguntarle a la enfermera. No quiero ser un incordio y seguir tocando el timbre como hacen los demás. Creo que deben seguir pulsándolo por puro despecho. Cuando pienso en ello, y lo hago mucho, me doy cuenta de que es la primera vez en mi larga vida que me veo seriamente frustrada.

Siempre me había salido con la mía, mediante pequeñas maniobras ingeniosas de las que me he sentido bastante orgullosa. Pero nada ni nadie me va a sacar de aquí. Me han condenado a perder mi independencia. Estoy muy enfadada conmigo misma. No debería haber firmado esos malditos papeles. ¿Cómo puedo salir?

Hablé con Carol y Annie por teléfono. 'Te acostumbrarás, mamá. Es un sitio muy bonito, el mejor, y sabes que ahora no puedes arreglártelas sola.' Pero ¿qué saben ellas? Yo sé que no me voy a acostumbrar. Moriré en esta madriguera. Y esta vez no voy a ocultarles lo que siento. Me quejaré, aunque les haga sentir mal. Si tuviera energía, gritaría mi rabia y mi desdicha, pero debo guardar fuerzas. La verdad es que sólo quiero estar con mis hijas. Forman parte de mí. No importan las discusiones y las decepciones, son lo más querido de mi corazón. Es curioso cómo olvidas o no te importa lo que salió mal. Sólo quiero tenerlas cerca. Ese es el meollo de la cuestión. Cuando te despojas de las capas de errores y resentimientos, éxitos y fracasos, de lo enfadada que te pusiste en un momento dado o de lo alegre que te sentiste en otro; cuando te deshaces de la frustración hacia ellas por no haber salido exactamente como querías, o porque no les gustaste tanto como creías merecer, entonces lo único que sientes es una llama pura de amor que estuvo ardiendo ahí todo el tiempo bajo los escombros. Por supuesto, ellas no lo entienden. Aún están tratando de entenderme como madre, con mi lado bueno y mi lado oscuro; aún no lo han entendido todo y puede que nunca lo hagan.

Pero luego está Tim. ¿Cuánto tiempo ha pasado ya? ¿Treinta, cuarenta años? Ahora tendría unos sesenta, un anciano. No puedo recordar exactamente cómo es y a veces no pienso en él durante semanas. Porque no me gusto cuando pienso en él. TÚ ERES UN FRACASO está escrito en mi pantalla mental en grandes letras rojas cada vez que él aparece. Todo el mundo sintió pena por mí cuando desapareció, y por supuesto todo el mundo sabía que era culpa de su padre por todo ese maltrato, nada que ver conmigo. Yo era un ratoncito tan callado, cualquier cosa por tener una vida fácil, y no había que enfrentarse con Douglas, de lo contrario yo habría estado en el extremo receptor. Y entonces necesitaba caerle bien a la gente. Pero todos tenemos un lado oscuro, ¿no? Tim siempre supo sacar lo peor de mí; me hacía sentir incómoda, ¿o debería decir culpable? Así que al final era más fácil ignorarlo. Pero hay una piedrecita afilada clavada en el centro de mi corazón que nunca se mueve.

Mi habitación está al lado de la cocina, por lo que me llegan todos los olores y oigo los constantes golpes y el ruido de los platos. También oigo fragmentos de las conversaciones de los jóvenes sobre dónde han estado, adónde van y con quién se van a encontrar; ese entusiasmo por el mero hecho de vivir que te dan un buen cuerpo y una buena circulación. ¡Qué regalo es la juventud y qué poco conscientes somos de ello! Pero no les tengo envidia. Oírlos hace que este lugar parezca menos la antesala de un depósito de cadáveres. Me gusta cómo asoman la cabeza por la esquina y me preguntan si quiero algo. Están de pie ahí tan firmemente arraigados. No se balancean como yo, ni las ráfagas de viento los tumban, ni las multitudes los derriban. Yo estoy casi desarraigada; el tronco sin savia se agita de lado a lado y me deben sostener con manos fuertes que se clavan en mi piel de papel. Ojalá pudiera ver sus rostros, en lugar de un tenue borrón. Y ojalá no hubiera tantas enfermeras y jefas. Tengo que concentrarme para recordar quiénes son, y a veces me rindo. Me digo a mí misma: 'Violeta, estás en la mejor residencia de ancianos, te dan lo que te gusta comer y nadie te obliga a terminártelo. Te duchan con suavidad y sólo te ayudan a vestirte si quieres. Eres una privilegiada.' Sigo yendo a tientas al lavabo que hay junto a la habitación porque me niego a sentarme en el inodoro portátil que espera ominosamente junto a la cama.

Hoy Alice me ha llevado a comer al comedor. Ha tenido que empujarme en la silla de ruedas, porque sólo tengo aliento para dos o tres pasos. Por el camino he echado un vistazo a las otras habitaciones. Son artificialmente acogedoras, con fotografías en las cómodas que intentan imitar algún tipo de sala de estar en casa. Alice también ha traído fotos para mi habitación y uno de los cuadros de Gabriel que me ha gustado, quizá por la historia que lo acompañaba. Le pediré a Alice que me cuente la historia otra vez más tarde. Hemos comido pollo; bueno, al menos ella. Yo sólo comí un bocado. Hace mucho que no tengo hambre. Me duele la espalda cuando estoy sentada, así que Alice me llevó en silla de ruedas a mi habitación. Lo que me golpeó entonces fue el olor a orina medio oculto bajo los ambientadores, una innegable vaharada de pis rancio a lo largo del pasillo. Todos esos pañales en pobres culos gastados. No llevaré pañales, ni siquiera al final. Me juro solemnemente que no sucumbiré a esa indignidad. Es el último bastión de mi independencia. Estaba agotada y tuve que volver a la cama.

'Conocerás a los demás si vas a la sala común,' me animaba Alice mientras me ponía cómoda. Pero paso de ir. Lo único que tenemos en común es que hemos perdido nuestras casas, nuestras vidas, nuestras ilusiones. Algunos también han perdido la cabeza. Al menos eso no me ha pasado a mí. Mi cuerpo se desmorona como si perdiera trozos cada día, pero mi cerebro sigue tan activo como siempre. No puedo dormir con todos esos pensamientos y recuerdos dando vueltas.

A veces me dan ganas de arrancarles la cabeza cuando entran y me hablan con sus vocecitas: '¿Estás bien, cariño?', como si yo fuera medio tonta. Claro que no estoy bien. ¿Lo estarías tú si te metieran de repente, aunque con delicadeza, en una caja y te hicieran preguntas estúpidas todo el día? Apuesto a que he leído más que todos vosotros. Que tenga noventa y tres años, insuficiencia cardíaca, degeneración macular grave y pese menos de cuarenta kilos no significa que no tenga pensamientos y sentimientos tan fuertes como los de cualquiera.

Supongo que terminaré mis días aquí. Me pregunto cómo será la muerte. Está empezando a perder su semblante sombrío. De hecho, empieza a tener una sonrisa acogedora. La gente habla del túnel, y yo solía pensar que era debido a la desintegración de las células. Pero tuve mi propia experiencia en el hospital hace apenas un mes. Estuve a punto de pasarme al otro lado; estaba tan enferma de neumonía. Una noche, con un dolor agonizante, eché la cabeza hacia atrás y allí estaba, como el túnel que se ve en el metro. Cerca del final había una figura alta desplomada contra la pared, como si estuviera cansada de esperar. No pude verle la cara. Pero luego me pusieron una máscara de oxígeno en la boca y una inyección me hizo dormir. Supongo que no debo preocuparme; alguien me espera allí para echarme una mano al otro mundo. ¿Podría ser Douglas? No parecía él, pero sin duda estaría cansado de esperar. Él diría: "Ya era hora. ¿Qué has estado haciendo? He estado atascado aquí durante mucho tiempo."

Alice está aquí de nuevo para hacerme compañía. Ahora es trabajadora social, pero antes era profesora. Pasa la mayor parte de su tiempo libre conmigo, sobre todo porque Gabriel suele estar fuera, en Oxford, dando clases. Este año es profesor invitado de arte en Balliol, pero viene a Seaford siempre que puede. Entonces los dos nos relajamos. Mi mejor amiga, Joy, era la madre de Alice. Murió hace un año y creo que soy una especie de madre sustituta para Alice; no es que sea muy divertida en mi estado actual. Pero ella y Gabriel me han acogido y alivian la soledad. Mis hijas están tan lejos.

Cómo Alice acabó casándose con un mallorquín de sangre irlandesa es toda una historia, pero todo tiene su origen en el cuadro de la fuente que ella ha apoyado en la pared, encima de la cómoda. Cuando me sienta más fuerte, iré a mirarlo. Pero ahora estoy cansada, así que me recostaré y recordaré la historia. Alice rellenará los huecos.

La fuente

Palma de Mallorca, 1998

No es una fuente llamativa. Todo lo contrario. Pasarías de largo, echando un vistazo superficial a su piedra gris amarillenta sin adornos y al zanquivano flujo de agua que sube y baja hasta la pulida pila. Si te pasearas por la pequeña plaza de estilo veneciano en cuyo centro se encuentra la fuente, quedarías más impresionado por los edificios que la dominan. Porque has entrado en lo que antaño fue parte del corazón sagrado de la ciudad. A un lado se alza el que fuera próspero seminario, más bien ominoso y carcelario, con sus estrechas ventanas que dan a la plaza adoquinada. Todavía se puede ver a un par de estudiantes estudiando diligentemente en sus austeras aulas. Frente al seminario hay viejos edificios convertidos en minúsculos apartamentos, demasiado apretados para que haya ascensores. Los habitantes de estas modestas viviendas parecen imbuidos de la misma energía monástica que aún perdura en la plaza; no hay familias, ni niños animosos, ni nadie menor de cuarenta años. Son solteros y parecen haber elegido la plaza como una especie de retiro. Hay un par de pintores, un músico, un compositor, una anciana de ochenta y cuatro años que tiene las llaves de la iglesia, y otros que necesitan estar solos durante un tiempo, los trotamundos solitarios y observadores de la vida. Las persianas o las cortinas ondulantes de sus ventanas son a la vez inquietantes y reconfortantes en la quietud. El otro extremo de la plaza está ocupado casi en su totalidad por el muro trasero de la iglesia de Sant Jeroni, de estilo barroco del siglo XVII, hoy en desuso y en ruinas. El otro extremo está abierto y conduce a callejuelas sombreadas cercanas al antiguo barrio judío y, más allá, a las oscuras entrañas de la ciudad.

Alice ha alquilado recientemente uno de los pequeños apartamentos. El suyo es de cortinas ondulantes, pues le gusta pasar el tiempo mirando la fuente y observando la única sala iluminada del seminario que tiene enfrente. Se imagina cómo debió de ser en tiempos más piadosos: la febril actividad de los ansiosos estudiantes que cruzaban la plaza y hojeaban sus libros hasta altas horas de la madrugada; cuando toda la zona era un lugar de erudición, misticismo e intercambio multicultural, con cartógrafos judíos y filósofos *lulianos* disputándose el espacio y el tiempo. Ahora los habitantes más numerosos son las palomas que esperan en la azotea del seminario a que se abra el agua de la fuente. Esto ocurre puntualmente a las nueve de la mañana, y con la misma puntualidad se cierra a las nueve de la noche. Quince minutos antes de que el agua suba a la fuente, se abalanzan y esperan pacientemente en la pila para beber el agua fresca de la mañana y refrescar sus plumas. Cuando se adelantan los relojes en otoño, vienen y esperan a las ocho menos cuarto y no se mueven en una hora hasta que sale el agua, como si su día no pudiera empezar sin su baño.

Pero no son los únicos usuarios de la fuente. Alice ha pasado horas observando a los visitantes. Todavía está esperando a que empiece el nuevo curso en el instituto y le gusta pasar el tiempo observando su nuevo paradero. Asomada a su pequeño balcón para tomar la brisa al final de un verano mediterráneo extremadamente caluroso, observa y espera. No hay nada solemne, beato o sabio en los pocos visitantes. Algunos son turistas curiosos y sudorosos que se adentran en esta reliquia de la solemnidad de antaño de camino a visitar el barrio judío y las magníficas iglesias poco iluminadas que hay más allá. Los fines de semana, a veces vienen niños y llenan sus pistolas de agua; los estridentes gritos de sus alegres batallas atraviesan la somnolienta plaza y la despiertan bruscamente. Luego, con la misma rapidez con la que aparecieron, desaparecen, dejando un rastro de agua sobre los adoquines y un silencio vacío roto de vez en cuando por el arrullo de las palomas. Por la mañana temprano acuden algunos drogadictos y vagabundos. Utilizan la fuente para lavarse las manos y la cara antes de ir tambaleándose a rincones apartados en los que dormir o desplomarse. Los indeseables, la escoria, se sientan en la misma fuente donde los más santos y los más sabios de la sociedad conversaban sobre la moral y Dios. Ahora, a última hora de la tarde, en la entrada principal de la plaza, una furgoneta de la Cruz Roja discretamente aparcada ofrece metadona a los menos desahuciados.

Alice se ha fijado en una chica de unos veinte años. Es la primera en llegar por la mañana, cuando todavía no hay nadie. Se lava la ropa interior en la fuente con un pequeño trozo de jabón y mete la ropa mojada en una bolsa de plástico. Utiliza el mismo jabón para lavarse la cara y se echa agua en el pelo. Después se va al coche aparcado más cerca de la entrada de la plaza y se peina mirando en el retrovisor lateral. Cuando está satisfecha, saca de su mochila un frasco de colonia para bebés y se lo frota en el pelo y el cuello. Lo guarda con cuidado, su preciado tesoro, y se sienta en un banco. Tiene la mirada del lobo, los ojos furtivos y desconfiados, acostumbrados al abuso y el maltrato, siempre listos para huir. También tiene el hambre del lobo y la astucia del superviviente. Sus ropas están mugrientas y manchadas, pero su cara limpia y su pelo perfumado le dan derecho a sentarse en el banco y mirar, le gusta pensar a Alice. En sus cavilaciones románticas, Alice imagina que ya casi no le queda esperanza, pero no renuncia a la libertad de las calles. Su soledad es absoluta y, sentada en el banco, tiene un desapego zen que ningún maestro podría enseñarle. Vive cada día como viene, sin futuro y con un pasado borrado; nada a lo que aferrarse, sólo lo que el aquí y el ahora le traen.

Alice la vigila todos los días. A veces la chica se cruza con algunos colegas. Entre ellos hay solidaridad y alegría. Bromean y tropiezan, se rodean con los brazos y luego cada uno se va, solo. Ella siempre hace sus abluciones cuando no hay nadie, en su único momento de privacidad, su único momento de dignidad íntima. Se ha girado y ha mirado a Alice, a quien le gusta pensar que ha sentido su dulce mirada sobre ella y ha visto la compasión en sus ojos, que está esperando el momento de ayudarla. Pero por debajo de esa fantasía, Alice intuye que la chica ha olido su miedo y percibido la vergüenza con la que lucha, cómo el horror supera su buena voluntad y que, por encima de todo, es un desafío a todos los elevados ideales que Alice ha alimentado y defendido.

Pero una noche Alice decide que a la mañana siguiente la invitará a su apartamento. Le dirá: 'Sube y date una ducha en mi cuarto de baño.' Le sonreirá, toda luz y confianza, y la chica le devolverá la sonrisa y aceptará humildemente su oferta. Luego puede que le ofrezca desayunar. Al principio se mostrará tímida, pero poco a poco se irá abriendo y empezará a hablar de su vida y de cómo ha llegado a una situación tan desesperada. Alice se imagina cómo cada mañana tendrá lugar el ritual de la ducha, el desayuno y la conversación. Entre ellas surgirá una extraña amistad, y

Alice incluso la convencerá de que busque ayuda para superar su adicción...

Alice se levanta temprano a la mañana siguiente. Ha dormido a trompicones y está tiesa de inquietud. La chica llega a la fuente a su hora habitual y empieza a sacar el jabón y la bolsa de plástico con la ropa interior. Alice la observa desde la ventana, con la boca seca y muda de miedo. Se está armando de valor para llamarla cuando la chica la mira desafiante, el lobo a punto de enseñar los dientes. Y Alice percibe que el sexto sentido del lobo sabe lo que le gustaría decir, puede oler su miedo. En lugar de ayuda, percibe una trampa. 'Otro de esos malditos bienhechores tratando de llevarme a una institución por una taza de café,' está pensando, Alice está segura. Bajo la fuerza de la mirada de la chica, Alice se siente despreciada y de repente inferior. Baja los ojos. La chica recoge el jabón y la ropa, los mete rápidamente en su mochila y, mirando fijamente a Alice, abandona la plaza. Hoy no habrá abluciones.

Aunque Alice se avergüenza, también se siente secretamente aliviada. Se aleja de la ventana y se deja caer en la silla. Ha intentado reprimir su propio instinto, que le gritaba: 'No la dejes entrar en tu casa. No sabes de lo que es capaz. Puede robarte con un cuchillo en la garganta. Puede traer a todos los otros drogadictos con ella otro día. Y tú sólo querías ayudarla a *ella* ¿verdad? Porque es una chica joven y sentías más pena por ella que por los demás. Pero ella no es diferente al resto. Ha cruzado a un territorio diferente y tú no tienes el mapa.'

Alice admite que aún no está preparada para cruzar esos límites. Por mucho que haya trabajado en sí misma, por muy 'iluminada' que se creyera, tiene que aceptar la derrota. Su instinto de conservación, ese miedo primordial, ha salido del mismo pozo oscuro que el de todos los demás. *Miss* altruismo no es en el fondo mejor que el despreciado resto de egocéntricos, se da cuenta, pero no sin una persistente autocompasión de si misma.

✳✳✳

Ha empezado el curso escolar y hay menos tiempo para mirar por la ventana. Ya casi no mira a la chica, que sigue viniendo todas las mañanas. Sus alumnos son su principal preocupación. Y pronto dejará la plaza. El apartamento ya ha cumplido su función. Ahora es demasiado pequeño y estrecho y ella tiene la imperiosa necesidad de alejarse. Ya ha encontrado un apartamento más grande y moderno, alejado del centro de la ciudad y con buenas vistas al mar. Su tiempo lo dedica a la enseñanza, a pensar en sus alumnos y en sus dificultades. Le gusta su trabajo como profesora auxiliar de inglés. Para mantener alta su autoestima, se hace popular entre sus alumnos, aunque no es difícil: una joven rubia, extranjera y recién llegada que hace clases divertidas es el sueño de cualquier estudiante de bachillerato, sobre todo de los varones.

Llega el día de la mudanza de sus pocas cajas. Es una brillante mañana de octubre, un luminoso día de otoño, la temprana luz del sol entrando a soslayo en la plaza. Las palomas esperan junto a la fuente, sin ser molestadas por los transeúntes en esta tranquila mañana de sábado. El agua está abierta y, como de costumbre, refrescan sus alas y beben. De repente, se oye un aleteo y vuelven a estar en el tejado del seminario. Alice se asoma para ver qué las ha asustado. La chica se acerca a la fuente. Está acompañada por dos hombres, uno de ellos en silla de ruedas. Colocan la silla de

50

ruedas delante de la fuente. Entonces ella saca de su mochila un viejo bote de espuma de afeitar y una maquinilla. Comienza a afeitar al hombre en silla de ruedas, dando golpecitos y enjuagando la maquinilla en la fuente. Se toma su tiempo, afeitando con cuidado hasta que está satisfecha con el resultado. Después le da la maquinilla y el bote al otro hombre, que empieza a afeitarse. El hombre de la silla de ruedas se seca la cara con la camisa. No se dirigen la palabra. Todo lo hacen despacio y con mucha calma. Cuando terminan, se van juntos. Media hora más tarde, la chica vuelve sola. Sigue su rutina, se lava la ropa interior y luego la cara y el pelo. Se mira en el espejo lateral del coche más cercano y se echa colonia. Cansada de tanto esfuerzo, apoya su frágil cuerpo en el banco y cierra los ojos. Al cabo de quince minutos se va de nuevo a vagar por las oscuras callejuelas.

Alice cierra las persianas y las ventanas. Siente una pesadez en el corazón que se esfuerza por ignorar. Se sienta en una de las cajas y espera un buen rato antes de telefonear a un amigo para que venga a llevarla a su nuevo apartamento. La emoción inicial que sintió al subir la estrecha escalera por primera vez se ha convertido ahora en una monotonía aburrida. Hace tiempo que Alice no conversa con la anciana, aunque sabe que esperaba con impaciencia su pequeña cuota de atención, el té y las galletas que le preparaba en su pequeña cocina. Ha sido su principal fuente de información sobre la historia de la plaza y de pequeños cotilleos sobre los lugareños. Alice intuía que nadie le había preguntado antes de llegar ella. Y su mala conciencia le dice que la anciana se ha retirado a su cutre piso en la planta baja y a sus obligaciones eclesiásticas, a la solitaria rutina que casi se atrevía a pensar que pertenecía al pasado.

Alice tampoco ha llegado a conocer a los demás habitantes de la plaza, a los que al principio imaginó celosos guardianes de un conocimiento casi místico, de una iluminación secreta sólo revelada a unos pocos elegidos. Todo lo que consiguió de ellos fue un superficial *'Bon día'*. La mayoría de los días se limitan a escabullirse unos junto a otros, con la esperanza de no tener que saludar a nadie. 'No entres en mi mundo, yo tampoco quiero entrar en el tuyo', dice la media sonrisa en la escalera. Su retiro autoimpuesto puede haber mejorado su pintura o composición, pero ha tenido un efecto nefasto en su humanidad. Tienen la piel cetrina, como papel, y una sosería que viene de estar sentados entre cuatro paredes durante horas y horas. La sangre se les ha acumulado en los pies, los cerebros carecen de vitalidad y alimento. Lo que hace falta es un buen golpe en la nuca. Conseguir que esa circulación perezosa vuelva a sus cabezas, imagina Alice con cierto rencor. Ya no contemplan el espectáculo matutino y vespertino de las palomas, ni se preguntan unos por otros. Los drogadictos y vagabundos de la plaza podrían darles una lección de compañerismo, ha pensado Alice muchas veces. ¿Qué tiene este lugar? se pregunta, sentada encorvada en la caja más grande. ¿A todos los habitantes les acaban chupando la vida, como si fueran los fantasmas de sus antepasados medievales? Podía ver partes de ellos desprendiéndose día a día; estos pobres seres osificados, desintegrándose poco a poco en las antiguas paredes.

Hace unos días, un chico nuevo se mudó al piso de arriba. Tiene más o menos su edad, veinticinco años, es alto, delgado y de pelo negro. Otro pintor, pensó al verle subir con dificultad la estrecha escalera con un caballete. Alice se sorprendió cuando la saludó en mallorquín. Por la blancura

de su piel supuso que era del norte. Bueno, pronto encajará
con el resto, pensó, y lo olvidó.

Alice recuerda la primera vez que llegó a la isla proce-
dente de Inglaterra. Era agosto; la humedad y el calor
estaban en su punto álgido, y bajarse del avión era como
meterse en un plato de sopa caliente. Pero el olor a resina
de pino que impregnaba el aire, la luz única que salpicaba el
mar, que rebotaba en el hormigón y revelaba con dureza los
rincones feos y las espectaculares buganvillas en los edificios
blancos, pronto penetraron en cada célula de la sangre.
Nada escapaba a aquel sol duro. Como un gigantesco rayo
de antorcha en el alto cielo mediterráneo, buscaba y captaba
todos los defectos con minucioso detalle, pero también real-
zaba toda forma de belleza hasta que el abrumado
espectador no podía más y tenía que apartarse. Las casas y
apartamentos se cerraban contra él, sobre todo en los ba-
rrios antiguos de la ciudad, cuyas calles oscuras y estrechas
parecían defenderse del asaltante. Las montañas al noroeste
de la isla ofrecían un respiro a los pueblos diseminados por
sus valles. Allí el aire era más fresco y las temperaturas dos
o tres grados más bajos, como descubrió Alice en sus excur-
siones. Pronto se sintió privilegiada de estar en este antiguo
paraíso donde todo estaba al alcance de la mano: el mar, las
montañas, los pueblos vírgenes y las extensiones de campo
verde amarillento salpicado en su mayor parte de algarrobos,
olivos y almendros y la tierra roja y labrada que producía
excelentes patatas. Las explotadas zonas costeras se olvida-
ban cuando uno encontraba los senderos que conducían a
un paraíso físico a sólo media hora de la Torre de Babel y la
moderna maquinaria turística. Y la propia ciudad: antigua,
recelosa y astuta, acostumbrada a oleadas de invasores a lo

largo de los siglos, obligada a acoger a todos y a no fiarse de ninguno. Había sido y, en cierto sentido, seguía siendo un importante puerto fenicio donde el dinero era dios, aunque la abundancia de imponentes iglesias hiciera pensar lo contrario.

Cuando Alice encontró el piso en la plaza de Sant Jeroni, se consideró muy afortunada. Estaba situado justo detrás de las antiguas murallas de la ciudad y del mar, y cerca de una autopista para ir al instituto donde iba a convertirse en nueva empleada docente. Satisfacía su curiosidad por los detalles históricos y tenía una belleza tenue que se revelaba tras una observación constante. La fuente era su punto central, y las palomas, con sus ritmos, le daban una armonía sutil y apacible. Aquí puedo empezar de nuevo, quizá conocer a gente interesante y tener mi propio espacio, pensó. No le importaba lo estrecho que era ese espacio, ni lo mucho que estaba pagando por cuarenta metros cuadrados. La tranquilidad, la vista de la fuente y de las palomas desde su única ventana merecían la pena. Apenas dos meses después, se mudaba. La sensación de vacío en su interior amenazaba con apoderarse de todo su ser. No sabía muy bien cuándo había empezado, pero tenía la ligera sospecha de que ella no era la persona que había construido cuidadosamente a lo largo de los años; de hecho, luchaba por no verse como un bicho raro bastante inútil, bienintencionado y obsesivo que tenía que salirse con la suya, no tan diferente de los solitarios habitantes de la plaza que abandonaba.

El repique de la torre del reloj de la iglesia la devuelve a la habitación desnuda y polvorienta, y reprime una punzada de arrepentimiento. Se levanta despacio y llama a un amigo que ha hecho en el instituto.

'Hola Juan, he terminado de hacer la maleta. ¿Puedes re-cogerme?'

∗∗∗

El apartamento en la quinta planta de un edificio construido en los años ochenta en el que ahora vive Alice es una caja cuadrada y funcional. Está a tres calles de la playa, que puede ver desde su balcón. No hay palomas, sólo oye el graznido ocasional de las aves marinas, y frente a ella hay altos bloques de pisos como el suyo; las mismas barandillas de hierro negro custodiando balcones idénticos en edificios blancos y mugrientos que empiezan a desconcharse. En la calle de abajo, los coches aparcados están tan apretados que apenas se puede meter un dedo entre ellos. E incluso con las ventanas cerradas hay un zumbido constante de tráfico y ocasionales bocinas airadas. El ruido lo invade todo. Los gritos y chillidos de las familias jóvenes de su bloque traspasan las finas paredes del apartamento de Alice, y a menudo puede oír las conversaciones y discusiones de sus vecinos de al lado. Este nuevo mundo parece endeble, ingrávido, sus habitantes rozan rápidamente la superficie de sus vidas como las aves marinas rozan el mar y que luego se alejan arremolinándose en lo alto de la siguiente corriente. Los vecinos son curiosos y cotillas. Quieren saber de dónde es, a qué se dedica, si tiene novio. ¿Por qué está allí sola? Alice percibe como se va retrocediendo ante esta curiosidad invasora. Ahora es ella la que da un seco 'Bon día' en las escaleras y escapa a toda prisa. Va de una habitación a otra del apartamento, práctico, pero sin alma, preguntándose dónde instalarse. Tiene demasiado espacio para sus pocas pertenencias y la desnudez general se siente como una presencia opresiva, tanto que a menudo siente que su

55

espalda está desprotegida y debe girarse rápidamente para ver qué o quién está allí.

Los turistas siguen tomando el sol en la playa amplia y bañándose en el mar que ya está más fresco. El cálido sol de octubre y la luz más suave atraen a muchos veraneantes tardíos y a españoles de la tercera edad que caminan en tropel por el paseo marítimo. Pasean cogidos del brazo, charlando en voz alta y esperando la próxima comida en uno de los hoteles que se ciernen alrededor de la bahía. Alice envidia su capacidad para vivir el momento y disfrutar de los pequeños placeres. No están malgastando su precioso tiempo en inútiles búsquedas del alma, ni preguntándose cómo han podido cometer tantos errores, piensa. Ahí está el mar, brilla el sol, sal y disfrútalo. Pero no puede evitar sentirse irritada por su alegre cordialidad y por sus voces altas y chirriantes. Son una versión más antigua de las hordas de jóvenes que en verano toman los balnearios y los convierten en *Bierstrassen*, llamados así por el predominio de turistas alemanes en esa zona, donde se bebe alcohol con pajitas de cubos de plástico y los supervivientes de la Isla de la Calma se refugian en oscuras cuevas y rezan pidiendo protección. Afortunadamente, la mayoría de ellos duerme en un sopor todo el día en la playa y así deja indemne al resto de la isla. Aquí el dinero fluye en bares y restaurantes y la fiesta interminable llena las calles cada noche. No hay indigentes, ni vistas desagradables que molesten a los clientes, aparte de sus propios vómitos.

Alice disfruta del aire fresco del mar mientras pasea frente a la playa, imaginando que no hay hormigón, sólo dunas de arena y palmeras, como hace sesenta años. Puede ver la catedral gótica a lo lejos y, más abajo, las antiguas murallas que rodeaban la ciudad original. Un poco más atrás de las murallas se encuentra la Plaça de Sant Jeroni, oculta a la vista por la fachada de la iglesia de Sant Jeroni, envuelta en andamios, y los maltrechos edificios de piedra que dan al paseo marítimo. En un buen día, podría caminar hasta allí en una hora, piensa Alice.

Tiene algunas visitas del instituto.

'Bonito apartamento, Alice, bonito apartamento. ¿Estás bien aquí?' son los únicos comentarios que recibe.

'Sí, supongo que sí. Tardaré un poco en instalarme, pero al menos tengo espacio,' dice con tristeza.

No vuelven, y a ella no le importa en absoluto.

***

El curso escolar está en marcha y Alice está metida en una burbuja de trabajo escolar febril. Sus alumnos son su refugio y los defiende en todas sus causas. Pero el entusiasmo inicial de sus colegas por su cara bonita y sus largas piernas está decayendo; no se mantiene dentro de los límites de la plaza asignada a los asistentes extranjeros. Es decir: entretén a los chicos, pero no lleves a clase ninguna de tus ideas liberales extranjeras. Alice ya no es un objeto de deseo; es una amenaza y debe soportar comentarios susurrados en la sala de profesores: 'Ojalá esa maldita mujer dejara de intentar reformar el sistema educativo. ¿Quién se cree que es? Inglesita advenediza. Todos sabemos que nada funciona. ¿Has oído la última idea que se le ha ocurrido comentar al director? Quiere que los chicos tengan derecho a evaluar nuestra enseñanza y presentar quejas si creen que estamos fallando o no les tratamos tan bien como les gustaría. Como si no tuviéramos ya bastantes problemas para controlar a esos cabroncetes.'

'Bueno, no durará mucho aquí. Ese tipo nunca lo hace,' es el final habitual de la conversación.

Alice piensa en solicitar puestos de profesora en institutos de la península y del extranjero, ¿quizá Estados Unidos? Pero está cada vez más cansada de vagar, de rostros recelosos y noches vacías.

Y ahora las pesadillas. Empezaron hace una semana y son puntualmente insistentes. Justo antes del amanecer se alzan implacables a través de la oscuridad y la invaden. Las paredes encaladas de su apartamento se van cerrando poco a poco sobre ella hasta que apenas puede darse la vuelta en la cama. Cuando está a punto de ser tapiada, una reminiscencia de la tortura medieval, se despierta cubierta de sudor y jadeando. Ni las velas, ni el incienso, ni una meditación poco fructífera antes de acostarse consiguen disipar su ansiedad y su miedo. A veces, la vagabunda aparece justo antes de que las paredes empiecen a caer sobre ella. La chica tiene una expresión burlona en su carita de rata. Lleva en la mano un frasco vacío de colonia para bebés y el pelo lacio y grasiento. '¿Qué quieres?' dice Alice en sueños. Nunca hay respuesta.

Una noche el sueño es tan intenso físicamente que Alice salta de la cama a las cinco de la mañana. Sabe lo que debe hacer. Prepara su mochila con bocadillos y un termo de café y se pone en marcha. La mañana fresca y silenciosa le despeja el dolor de cabeza punzante mientras camina por el paseo marítimo en dirección a la ciudad. Aún está oscuro, pero no tiene miedo. Se mueve deprisa, impulsada por una sensación de urgencia y resolución. Pronto el sol comienza a salir perezosamente detrás de ella. Extiende sus extremidades rosas y doradas sobre el mar e ilumina lentamente el camino ante ella. No se gira para contemplar el espectáculo, sino que siente la luz creciente a su espalda, que afirma quién es y lo que está a punto de hacer.

Cuando está cerca de la plaza, Alice se detiene en una farmacia que está abierta toda la noche. Al salir, el reloj de la iglesia da las siete. Entra en la plaza y se sienta a esperar en el húmedo banco de piedra. Las palomas, con las cabezas metidas bajo las alas, están silenciosas en el tejado del seminario empapado de rocío. Un perro callejero se acerca, le olisquea los tobillos y se va en busca de sobras. Hay algunas luces encendidas en los pisos de su antiguo bloque, pero no en el suyo cuya ventana tiene la persiana cerrada. Intenta reprimir las lágrimas que le brotan, pero se da por vencida y las deja correr libremente por sus mejillas bronceadas.

Una hora más tarde, Alice ve a la muchacha acercarse a la fuente y salpicarse la cara con el agua que queda en la pila. Está aún más delgada y su rostro demacrado tiene un tono amarillo grisáceo; los ojos inyectados en sangre han perdido el brillo territorial del lobo. No hay ninguna bolsita de plástico con ropa interior. No ha visto a Alice y parece sobresaltada cuando se acerca a ella.

'Hola, tengo algo de desayuno y café, ¿quieres un poco?'

La chica, recordando de repente, le lanza una mirada hostil.

Alice se arrodilla y abre su mochila.

'Mira, te he traído esto.' Alice le entrega la bolsa de la farmacia.

La chica vacila, pero luego le arrebata la bolsa y saca un frasco de colonia para bebés. Se lo sostiene un momento y luego, sin mirar a Alice, le aplica lentamente la colonia en el pelo y el cuello.

'Volveré mañana por la mañana,' dice Alice, y deja el café y los bocadillos en un banco.

'¿Dónde está Gabriel?' pregunta la chica. 'Quiero a Gabriel, no a ti. ¿Por qué has venido?'

Le da la espalda a Alice, que se queda mirando muda y vacilante. Entonces, unos pasos apresurados resuenan sobre el empedrado.

'¡Elisa, no te vayas!' dice un joven delgado que parece casi tan vulnerable como la chica. Lleva un termo de café y dos vasos de papel. Apenas se fija en Alicia en su preocupación por alcanzar a la chica antes de que abandone la plaza.

'Lo siento, llego un poco tarde esta mañana,' dice y se aparta un mechón de pelo negro de la frente. 'Ven a tomar un café conmigo.'

Entonces se fija en Alice y en el café y los bocadillos que hay en el banco. 'Oh, veo que alguien ha llegado antes que yo. ¿Quién es tu amiga?' pregunta con cara de leve disgusto.

'No es amiga mía,' dice Elisa. Puede irse a la mierda.' Luego, dirigiéndose a Alice: 'Sé quién eres. Solías espiarme desde aquella ventana, ¿verdad? Pensé que te habías ido. ¿Qué haces aquí? ¿Has venido a controlarme? Bueno, ya puedes irte a la mierda. Pero gracias por la colonia.' Le dirige una mueca burlona con dientes verdosos.

Alice y Gabriel se sonríen reconociéndose. Es el chico de aspecto etéreo que se ha mudado al piso de arriba.

'Vamos, Elisa, no seas así. Tomemos un café todos juntos. Nadie te está espiando. Mira, he hecho esto para ti.' Saca una pulsera hecha con finas tiras de cuero, engastada con pequeñas piedras de turquesa.

Elisa coge la pulsera y se la pone en su delgada muñeca. Le dedica una media sonrisa a Gabriel.

'Gracias, Gabriel. Pero mañana tomaré un café contigo, los dos solos, ¿vale? No la quiero aquí,' dice, y sale de la plaza con la colonia en la mochila y un vaivén mortal en el paso.

'¿Cómo lo haces?' le pregunta Alice a Gabriel.

'¿Hacer qué?'

'Hacerte amigo de ella. Ganar su confianza. Soy Alice, por cierto.'

'Alice, ¿inglesa?,' responde, pasando del español al inglés con un leve acento irlandés. 'No lo sé. Supongo que no siento lástima por ella; simplemente no quiero que se sienta sola. Quiero que piense que tiene un amigo que no la juzga. Nunca sé si volverá.'

'¿Cómo os hiciste amigos?'

'Pinté un cuadro de la fuente. Fue lo primero que pinté cuando llegué aquí. Todos los días bajaba a la fuente por la mañana temprano. La luz era perfecta a esa hora. Ella llegaba sobre las ocho para lavarse y acabó en el cuadro. No le importaba. Creo que le daba cierta sensación de permanencia, incluso de importancia. Así que empecé a compartir mi café con ella; nunca tiene hambre. No hablamos de su adicción -no tiene remedio- ni de cómo empezó; hablamos de cualquier cosa -del cuadro, del color del cielo, de la gente que pasa, de algún amigo suyo drogadicto- o de nada en absoluto. Terminé el cuadro, pero sigo compartiendo café con ella todas las mañanas. Sólo sé que tiene veintidós años y que es de Barcelona. Va empeorando, así que agradezco cada día que aparece, la hora que pasamos juntos.'

'¿Puedo ver el cuadro alguna vez?' Alice sentía que ya podía preguntarle cualquier cosa.

'¡Claro! Sube ahora si quieres. Y ya me dirás qué haces aquí. Tengo que salir a las diez para dar una clase en la escuela de arte.'

Aquel fue el primero de sus encuentros en el apartamento-taller de Gabriel; conversaciones pausadas tomando café y contemplando los cuadros que más tarde se expondrían en una de las principales galerías de Palma. A Alice le encantó el cuadro de la fuente: los viejos edificios recostados y envueltos en la bruma de la madrugada; la joven salpicándose la cara con agua y bañada en la misma luminosidad que la fuente. Era tan fresco y seductor como la primera visión que Alice tuvo de la plaza cuando abrió las persianas y no quiso hacer otra cosa que apoyarse en el alféizar y observar. El cuadro nunca estuvo a la venta; viajó con ellos a lo largo de los años de un lado a otro, a Inglaterra, a Irlanda, a Mallorca.

Había otro cuadro que le encantaba: la representación final del espino y el anillo de hadas en Lough Brin. Gabriel había pintado muchas versiones a lo largo de los años, siempre que podía volver a Irlanda. Le contó a Alice su historia, sobre su ascendencia irlandesa y sobre la abuela Cliona, cuyas cenizas esparció alrededor del árbol. Y a través de los cuadros Alice se enamoró de este hombre que había dejado la confortable casa mallorquina de sus padres para poder pintar en el austero pisito de la plaza de Sant Jeroni.

Gabriel siguió viendo a Elisa todas las mañanas, pero Alice se quedó atrás. Una vez les echó una ojeada a través de la persiana entreabierta, pero retrocedió como si se estuviera entrometiendo en un espacio sagrado. Una mañana de marzo, Elisa no apareció. Gabriel siguió bajando cada mañana durante dos meses con su termo de café para esperar

a que su frágil figura entrara arrastrando los pies en la plaza.
Nunca volvió. Ese verano también abandonaron la plaza.
Alice regresó a Inglaterra y Gabriel no tardó en seguirla.

Los últimos meses
de
Violet Koski

Seaford, Inglaterra, 2015-2016

Noviembre

He tenido un goteo constante de visitas. Eso me dice que me queda poco tiempo. Todos son muy amables y solícitos, pero ninguno va a sacarme de aquí. Se sientan a charlar y a comer su pastel y el mío. Intentan animarme con su charla forzada. Les estoy muy agradecida, porque me dan un pequeño respiro. Pero al cabo de un rato estoy tan cansada que apenas puedo sonreír, y mucho menos hablar, así que les digo: '¿No es hora de que os vayáis?' Entonces se hace el silencio.

Gabriel, querido hombre, querido amigo, me llevó hoy en el coche. No me encontraba tan mal, algunos destellos salían por los espacios entre los agujeros de la vieja retina. No era un mal día a pesar de ser noviembre sombrío, incluso había algunos espacios entre las nubes. Gabriel me llevó al coche en la silla de ruedas y me acomodó tan fácilmente que por un momento no me sentí como una carga. Y vi un árbol. Sus dedos esqueléticos apuntando al cielo me recordaron a los míos, escuálidos y nudosos. ¿A qué señalan? Como yo, cuando señalo algún borrón en el horizonte. Como yo, un esqueleto andante sin carne que lo adorne, no son más que corteza y huesos, sin una sola hoja que los redima. No llegaré a ver los primeros brotes de la primavera, pero para la Navidad debo estar.

Gabriel aparcó en nuestro lugar favorito, cerca de los acantilados. Antes podía distinguir *The Seven Sisters*, pero ahora tengo que imaginármelos. Miramos el mar y hablamos, como hemos hecho tantas veces en los últimos ocho años. Sentí que el peso de la edad y la enfermedad se aligeraba, que mis neuronas revivían con las bujías de su compañía y su conversación. Esta amistad ha sido un regalo inesperado. Puedo decirle lo desgraciada, disgustada, defraudada y desesperada que me siento. No me juzga. Asiente y escucha, pero sobre todo nos reímos. Nos entendemos al instante y, además, con un humor irónico. No puedo pedir más. Hasta a Douglas le cayó bien, y eso ya es mucho decir, sobre todo teniendo en cuenta que Gabriel es 'uno de esos tipos artísticos'.

Me gusta que me hable de su infancia y de su abuela. Murió de un fallo cardíaco cuando tenía sesenta y cinco años. Gabriel consiguió llevarse sus cenizas a Irlanda cuando tenía veinte años, y las esparció alrededor del espino de Lough Brin tal y como ella hubiera querido. Me ha enseñado la foto que ella guardaba en su salón; nunca me canso de oír la historia. En secreto, me gustaría ser como ella, testaruda pero auténtica y con visión de futuro y, sobre todo, impulsada por el amor de su gran corazón. Y estaría tan orgullosa de él: ¡un pintor de renombre y profesor visitante de arte en Oxford!

En estos ocho años que llevo viuda, Gabriel me ha demostrado, sólo por ser como es, que hay otras formas de vivir cuando se derriban todas las convenciones inútiles. Que son formas de alejar al lobo que creemos que nos espera en la oscuridad. Lástima que sea demasiado tarde para mí.

Es la única persona con la que he hablado sinceramente de Tim y le he contado lo apenada, culpable y ofendida que me siento. Son tres emociones aún más poderosas cuando mezcladas. Me pregunto si podría estar muerto, o llevando una existencia miserable, o viviendo una vida exótica en algún país maravilloso. Esta última opción me duele más, porque ¿por qué no se habría puesto en contacto conmigo? Gabriel me dice que mucha gente desaparece y me pregunta si alguna vez denuncié su desaparición. Lo cierto es que no lo hice. Siempre pensé que aparecería algún día cuando estuviera en la indigencia, como solía hacer cuando se quedaba sin dinero. Douglas decía que se drogaba y después de su última pelea prácticamente lo echó de casa, pero yo pensaba que era otra de sus peleas. Mirando hacia atrás, supongo que debería haberle defendido, pero me horrorizaba demasiado la idea de que tomara cocaína y ni una palabra salió de mi boca. Entonces, simplemente empujé el horror al pequeño compartimento de mi mente etiquetado como 'situaciones, pensamientos y sentimientos insoportables' y lo encerré con todos los demás.

Pero estoy segura de que está vivo en alguna parte, todavía lleno de sus viejos rencores. Siempre me sentí utilizada, y supongo que disfruté bastante el papel de mártir cristiano. Después de todo, fue educado en Oxford, aunque no recibimos ningún agradecimiento por ello. Y luego pasaron los años, no se encontró ningún cadáver, y yo seguí con mi vida.

Después de una hora en los acantilados, el cansancio me dejó sin palabras. Un ancla de hierro macizo me tenía lastrada al asiento y necesitaba mi cama. Esto ocurre cada vez más. El cansancio me invade. Como una lluvia oscura en una noche negra, aniquila cada parte de mí. Entonces me da igual dónde esté. Sólo quiero esa cama de aire y el silencio. ¿Es eso la muerte? ¿Oscuridad y silencio?

Diciembre

Alice ha colgado algunos adornos navideños sobre los cuadros y ha puesto un mini árbol junto al televisor que no se usa. Aprecio su amabilidad mucho más que los adornos, que de todos modos apenas puedo distinguir. Me enseña los regalos que ha comprado para la familia y me dice que la comida está bajo control. Por un momento me dejo llevar por la alegría de dar. Siempre me ha gustado la Navidad. Sí, ya sé que se ha vuelto comercial y de oropel, pero me sigue encantando. Es una buena excusa para hacer regalos a la gente que quieres, y hasta no hace mucho yo también me emocionaba bastante con lo que me iban a regalar. Por debajo debo de ser bastante sentimental.

Las chicas llegarán pronto. Eso me sostiene. Vomito más que antes. La comida se me atasca en la garganta y algunos días siento el corazón enorme, a punto de salirse de su escasa jaula de huesos. Pero sigo tomando las pastillas.

Carol y Annie han llegado. Llegaron húmedas y humeantes por el frío. Estoy tan contenta que se me saltan las lágrimas. Entonces entra la enfermera.

'Va a haber un concurso de Navidad en el salón a las cinco. ¿Por qué no vienes, Violet?'

Las chicas me llevan al salón común, decorado con adornos brillantes. El personal festivo nos da sombreros de papel. Todas las viejecitas y dos viejecitos se colocan en círculo, algunos en sillas de ruedas, una mujer en una cama. Una enfermera radiante se sienta en el centro del círculo.

Pacientemente, explica las reglas del concurso: ella hace una pregunta. Si la aciertas, te regala un chocolate de *Cadbury's Roses*. Comienza. La mitad no ha oído la pregunta, algunos se han quedado dormidos y el resto no la ha entendido. Hay un coro de 'Eh, ¿qué has dicho?' intercalado con la señora de la cama gritando cada cinco minutos: '¡Quiero ir al lavabo!' La enfermera no hace caso. Otra señora y yo respondemos a todas las preguntas. Nuestros montones de bombones crecen y noto que los que están despiertos nos miran con el ceño fruncido. La enfermera intenta preguntar a cada uno por separado y casi les pone las respuestas en la boca. Me siento eufórica por no estar como ellos, pero asustada por si lo estaré; estos espectros de seres humanos con la mayor parte de sus facultades desgastadas, sólo por haber envejecido. Entonces traen la tetera y los pasteles. La mayoría se lo traga todo; no les pasa nada en el estómago. Pero yo no tengo apetito. Soy una mente hambrienta que arrastra un cuerpo anoréxico y ningún alimento la saciará. Me llevan de vuelta, con la pila de bombones en el regazo. Las chicas dicen: 'Tú eras la más lista de todas, mamá.' Poco consuelo, ya que tener la mente clara significa ser testigo de mi rápida desintegración.

Hoy ha habido un poco de jaleo. Las chicas han preguntado si puedo ir a casa los tres días de Navidad y dormir allí.

'Desde luego que no,' dice la matrona. '¿Tenéis una cama de aire? ¿No? Bueno, si no tenéis el equipo adecuado, vuestra madre no puede dormir allí. Perderá su lugar si se ausenta por tres días. Tiene que estar de vuelta a las seis como muy tarde para tomar sus pastillas.'

Así que adiós a mi plan. Me llevarán y me devolverán en taxi. Soy una visitante en mi propia casa. Pero eso ya lo veremos...

Vestirme para salir en Nochebuena y el trayecto en taxi casi acaban conmigo, pero la lengua me cuelga con ansia de llegar a mi sillón. Me hundo en él con tal placer que casi me siento satisfecha. Me dan un jerez de Navidad, sólo un par de sorbos, y durante unas horas olvido que no vivo aquí. Charlo con las chicas y finjo comer algunos bocados. Por la tarde vuelvo a ser un peso muerto y quiero mi cama de aire. Estoy lista para el taxi media hora antes de que llegue. Será mejor que no pase mañana.

El día de Navidad. Intento entusiasmarme con los regalos que me hacen. No los llevaré ni los usaré. La comida no sabe igual que la mía, pero hacen lo que pueden y me duele la espalda, así que apenas puedo sentarme a la mesa cinco minutos. Y de nuevo, tengo el anhelo de estar en esa cama maravillosa donde me siento tan ligera.

Ojalá los niños hubieran podido estar aquí. Están demasiado lejos, mis hermosos nietos. He sido mejor abuela que madre. Porque he observado, he aprendido y he comprendido. Todas esas conversaciones y risas, la ligereza y el desapego que no consigues con tus propios hijos. Lo echaré de menos. Esa es la peor parte de morir. O quizá lo peor sean los remordimientos. Siempre están al acecho, listos para atacar en las noches de insomnio.

Pero aguanto, hoy es el día. Estoy acurrucada en mi sillón a las seis menos cuarto. Suena el timbre de la puerta.

'Mamá, es el taxi. Te ayudaré con tu abrigo.'

'No voy a ir. Dile que se vaya.'

'Mamá, ya sabes lo que dijo la matrona.'

'No me importa lo que dijo.'

Las dos se quedan paradas con cara de impotencia, una con mi abrigo, la otra con mi bolso. Entonces vienen hacia mí y me agarro a los lados del sillón.

'Mamá, no puedes quedarte aquí. Ya lo sabes. Volverás mañana. Aquí no hay equipo.'

'Puedo dormir en mi propia cama. Moriré donde quiera.'

Se sientan sin habla. El taxi da bocinazos. Mi corazón se acelera.

'Os dije que nunca entraría en un hogar de ancianos. Podéis marcharos todos.'

Tengo que ir al baño. Me levanto de la silla y les hago señas para que se vayan. Doy dos pasos y se me doblan las piernas. Me cogen antes de que me caiga y todo se vuelve oscuro.

'¿Dónde estoy?'

Pero la cama me dice que he vuelto a la residencia. Hay caras que me miran. Alguien me coge de la mano. Bueno, buen intento, Violet. Al menos he sido una molestia.

Han pasado las Navidades y he estado pensando en mi funeral. Está todo planeado: los himnos, los poemas y la música. Quiero que sea un regalo de mi parte. Y por una vez seré el centro de atención. Incluso los ratoncitos callados tienen grandes egos, sabes. Me los imagino a todos allí reunidos. Lástima que no estaré allí para verlo; ¿o sí? Me pregunto qué dirán de mí.

Enero

Ha llegado el Año Nuevo. Lo único que quiero es dormir, no vomitar, y tener a alguien querido a mi lado, pero no todo el tiempo. Mi audición está empeorando. Puede que tenga cera. No puedo perder eso además de la vista. Alice sigue viniendo y unta con cremas mi piel fina como el papel.

'Hoy el mar está como una balsa de aceite, Violet,' dice alegremente.

Y luego vuelvo, vuelvo a la playa de Brighton. Soy la chica que nunca se cansaba de mirar el mar, que pensaba que era tan afortunada viviendo junto a este dispensador de entretenimiento gratuito y maravillas. Pienso en mi madre y en mis antepasados polacos luchando por sobrevivir, vagando con sus fardos negros hasta Inglaterra. Mamá está a menudo aquí, esperando a los pies de la cama. Pero no mi padre, que se consumió de tuberculosis a los treinta y dos años. ¿Cómo era él? Es extraño, pero ahora no echo tanto de menos a mis amigos y seres queridos muertos. Puedo hablar con ellos como si estuvieran a mi lado, y recordamos juntos el pasado.

Febrero

Ha habido novedades. Mi mente me está jugando malas pasadas. Ayer vi a Annie sentada junto a la cama. Reconocí sus vaqueros y la forma en que inclina la cabeza cuando lee. Había dos hombres a cada lado de ella. No sé quiénes eran. Le pedí a Annie una taza de té, pero no me hizo caso. Me estaba irritando bastante cuando entró Carol. 'Me alegro de que estés aquí,' le dije, 'Annie debe de estar volviéndose sorda porque no me trae el té. Mírala ahí sentada, absorta en su libro.'

Carol me dice que Annie no está. 'Si no te contestan, es que no hay nadie.' Seguiré su consejo porque he visto a esos hombres antes y nunca me han contestado cuando les he hablado.

Luego Gabriel estaba aquí. No recuerdo si las chicas se habían ido o no. Realmente creo que hay momentos en los que alucino, porque estoy segura de que me dijo que había visto a Tim, en Oxford. Se ha hecho amigo de un vagabundo (típico de Gabriel) que le ha contado toda su vida. De todos modos, la historia de este hombre y lo que le conté a Gabriel coinciden, al igual que los nombres y los lugares. 'Tim no puede ser un vagabundo que vive en la calle,' le dije, pero sentí que la piedra en mi corazón se retorcía bruscamente. 'Dile que venga a verme entonces,' dije y me volví hacia la pared. Gabriel dijo algo de que le diera dinero, que hablaría con Carol y Annie. ¿Podría haberlo soñado? Me sentí un poco perturbada; no lo mismo que cuando veo a esos dos hombres. Me hacen sentir en paz.

He tenido que recurrir a llamar a la enfermera para que me traiga el inodoro portátil, pero al menos no llevo pañales. A veces sólo tomo té y agua en todo el día. Pero estoy bastante tranquila. A menudo estoy en casa sentada en mi sillón o deambulando por mi pequeño refugio.

Hoy me ha pasado algo extraño. Creía que había muerto. Estaba bajando por el túnel, viendo con claridad por primera vez en años; todo era tan fácil y diáfano. Entonces oí las voces preocupadas de Carol y Alice llamándome desde lejos. Así que volví.

'¿Están aquí los de la funeraria?' pregunté, convencida de que era el momento.

'No, todavía estás con nosotras.'

Me molesta. ¿Cuánto tiempo se tarda en morir? Estoy harta de esperar.

Mi voz es cada vez más débil. La gente no entiende lo que digo la mitad de las veces y me siento frustrada. Morir es un proceso solitario.

Marzo

Ahora estoy prácticamente todo el tiempo en casa, ordenando mis cosas. A veces vuelvo a la residencia, pero estoy tranquila, lista para irme.

Annie vino hoy. Me ha cogido de la mano, con la cabeza cerca, intentando oírme. Mi voz es como una fina caña. 'Debería estar tomando seis pastillas ahora,' le digo, señalando mi mano ahuecada. Ella dice que quizá no me acuerdo, pero yo lo sé perfectamente. Sospecho que me han suspendido la medicación.

Esta mañana he pedido tostadas con mermelada de naranja. Me encantan. Pero no recuerdo si me las he comido. Tengo tanta sed que no paro de pedir sorbos de agua. Gabriel ha estado aquí. Todavía puedo susurrar algunas palabras y sonreír. Pero estoy un poco agitada. Estoy recogiendo mis cosas, mis objetos preciosos. Intento recogerlo todo, pero me frustro. Gabriel me coge de la mano y dejo de agarrar las sábanas. De repente me siento en paz; toda la prisa por ordenar mis cosas se desvanece en una inmensa calma.

Annie y Alice están aquí. Me dan sorbos de té y me quedo tumbada, contenta, medio escuchando su conversación. Los latidos de mi corazón son lentos, mi respiración entrecortada. Alice me pone crema y bromea: '¿Dónde las has puesto, Violet, debajo de los brazos?'

Siempre me hace sonreír.

Empieza a oscurecer. Yazgo en un mar negro sin más olas que las mías. El oleaje y la marejada me arrullan en el sueño más dulce, y vuelvo a bañarme a medianoche hace ochenta años. Me acunan como a un bebé en un mar de terciopelo y estoy llena de amor. Mi corazón está a punto de estallar con el inmenso amor que siento por todos: por Tim, dondequiera que esté, por Douglas y sus odios mezquinos, por todas las personas que he conocido, irritantes o buenas. Nada importa salvo esto. Ya no tengo miedo. El miedo nos impedía vivir a Douglas y a mí, pero ha desaparecido ahora que la muerte me sonríe. La oscuridad líquida me engulle; abajo y abajo, me hundo sin esfuerzo. Por fin vuelvo a casa.

Mañana de mayo

Oxford, 2016

Mi lugar favorito está al final del puente Magdalen, cerca de Sainsbury's. Rara vez voy a otro sitio. Aquí puedo apoyarme contra la pared en un pequeño rincón y resguardarme del viento que se cuela por la calle principal en los meses de invierno.

Al otro lado de la calle, el Magdalen College School sigue en pie en sus privilegiados terrenos. Está aislado de la calle principal, con su puente blanco de cuento de hadas, sus árboles esculpidos y su césped, un microcosmos de orden divino, al menos desde fuera. Puedo ver a los chicos cruzar la calle con sus uniformes formales, parloteando con su acento pijo, las próximas generaciones de la grandiosa élite; pero en el fondo no son más que diablillos mocosos como cualquier niño de colegio estatal haciendo tantas travesuras maliciosas como pueden.

Me gusta ver a la gente ir y venir; la mayoría son estudiantes. Rápidos, veloces, empujan y ríen, su única preocupación cómo aprobar el próximo examen o cómo ligar con el más reciente de sus caprichos. Están tan enraizados en sus cuerpos, la carne firme y sólida y real. No como yo. Partes de mí se están aflojando, desprendiéndose y cayendo. No lo habría pensado cuando era como ellos, pavoneándome con mi toga de estudiante de primer año, después de algún evento o examen, con un clavel blanco en el ojal, desfilando entre la multitud de mortales inferiores, recién afeitado, con la piel rolliza y brillante por la buena comida. No, entonces no habría pensado que un día me disolvería lentamente en la acera.

Los huecos son cada vez más amplios, se extienden como los agujeros de mis calcetines, y las corrientes de aire que soplan por mi mente han borrado cualquier resto de vanidad. Ahora, a medida que disminuyo físicamente, los árboles, los altos árboles de Oxford de follaje resplandeciente, y los pájaros que anidan llenan mis espacios vacíos con su belleza indiferente. Y en un buen día incluso siento una dulce tranquilidad. Sólo hay que dejarse llevar por el aire, el río, el sicomoro, y puedo olvidar este pequeño yo andrajoso.

Pero el invierno es implacable. Entonces el feroz lado oscuro de la naturaleza me abofetea con dedos helados, y la niebla helada se filtra en mis pulmones como amianto gris. Nada calienta mis huesos quebradizos, ni siquiera las capas de cartón desconchado bajo mi saco de dormir en la entrada de Sainsbury's. La piel de mi cara es un pergamino marrón rojizo bajo un mugriento gorro de lana, y me gotea constantemente la nariz, que me limpio con el dorso de la mano. Debo de tener una mancha negra permanente en la mejilla. Si tengo la suerte de conseguir cinco libras, puedo pasar la noche en un albergue y tomar un plato de sopa. Pero a veces estoy demasiado cansado para ir andando. Así que me hago un ovillo, deseando tener todavía a mi perra, Chia, para que me diera calor. Al final era tan costrosa como yo y sólo sobrevivió un par de inviernos. No quiero que otra sufra lo mismo que yo. Y ahora hay un plan para multarnos por dormir a la intemperie: ¡unas irónicas 2.500 libras!

Pero estamos en abril, aún hay esperanza. Eso si puedo sobrevivir a la avalancha de recuerdos que siempre trae consigo. Como dice el poema de T. S. Eliot: 'Abril es el mes más cruel'. Él lo sabía. A medida que sube la savia lo remueve todo, lo bueno y lo malo, lo dulce y lo amargo. La mayor parte del relleno de mi cuerpo se ha desgastado y la savia resquema mis débiles venas. El despertar de la vida duele como meter los dedos entumecidos en un cuenco de agua tibia.

Las noches de abril son más suaves y prometedoras. Mi oído se ha sintonizado con el pesado silencio de la oscuridad y al sonido del río turbio que fluye bajo el puente. Estoy un poco encorvado, pero cuando puedo desplegarme, cruzo la carretera y camino hasta el centro del puente y miro por el lado donde está la escuela. Me gusta hacerlo a primera hora de la mañana de primavera, cuando no hay nadie y no voy a horrorizar a los turistas. No es frecuente que pueda lavarme, sólo cuando entro en el refugio. Pero a esa hora puedo contemplar cómo la bruma matinal se eleva desde el río y envuelve suavemente el césped y los edificios. No existe nadie más que yo y las barcas que crujen susurrándose entre sí en el misterioso amanecer. El eterno regalo del amanecer. Entonces los pájaros, esos llamadores a la oración, comienzan su coro, y durante cinco minutos estoy en un paraíso terrenal.

Abril es el preludio del único acontecimiento del año que me mantiene vivo: *May Morning*. El primero de mayo, a las 6 de la mañana, el coro del Magdalen College canta desde lo alto del campanario. Comienzan con el 'Hymnus Eucharisticus' y continúan con madrigales que honran y dan la bienvenida al alegre mes de mayo. La multitud se reúne a lo largo de la calle principal y el puente, y yo formo parte de esa multitud. Siempre hay estudiantes vestidos de etiqueta, el excedente de los bailes nocturnos. Pero por muy borrachos que estén, nadie perturba el silencio mientras el coro se reúne en lo alto de la torre. El ala de un ángel nos roza ligeramente a todos.

Cuando el coro canta, somos un solo cuerpo armonioso, pacificado por esas voces exquisitas. Entonces no hay diferencias de clase, color y olor. Y durante un breve instante la realidad se intensifica. La escala de colores y sonidos se magnifica y nuestros débiles sentidos se vuelven lo bastante sensibles para descubrirlos. Es como estar en un viaje de LSD sin las estrepitosas secuelas.

Os preguntaréis cómo sé el nombre del primer himno en latín y por qué me gusta estar cerca del Magdalen College School. O quizá ya habéis adivinado que fui corista; que fui uno de esos chicos elegidos por la pureza de sus voces; que formé parte de la élite; que estuve allí, en el primer banco de la capilla gótica, de ojos y pelo castaños, cantando al cielo con la facilidad de un ruiseñor; que ayudé a crear el sonido que hizo creer en lo sagrado durante cuarenta minutos hasta al más dubitativo.

Cuando miro el puente de madera blanca que crucé tantas veces, recuerdo mi infancia allí, tan irreal y rápida como imágenes fugaces en una pantalla. ¿Jugaba yo, fresco y de mejillas rosadas, en aquellos terrenos? ¿Ensayaba durante horas con el director del coro, cruzaba la calle todos los días con mi bata académica en miniatura y entraba en el oscuro esplendor de la capilla del Magdalen College, cargada de solemnidad, las pesadas obras de arte colgando en las sombras, el aire húmedo empujado hacia arriba por la pureza de nuestras voces?

El horario era duro: a las 7.30 a.m. ensayo antes de la escuela e inmediatamente después; coro de vísperas seis noches a la semana durante el trimestre, y los domingos, ensayo a las 9.30 a.m. antes de la Eucaristía. Luego ensayo por la tarde seguido del canto de vísperas a las 19 horas. El maestro solía decir que esta formación nos acompañaría toda la vida. Y tenía razón. Así ha sido. La música está incrustada en mi cerebro y en mi corazón. Recuerdo los himnos, algunos en latín, alemán, francés e incluso ruso. Aprendimos a tocar el piano, fuimos de gira, cantamos en conciertos y viajamos al extranjero. Desde los siete años, esa era mi vida.

A mis padres no les interesaba mucho; sólo estaban contentos de que, como corista, dos tercios de la matrícula la pagara el colegio. Y me tenían fuera de su vista. Siempre brillaban por su ausencia en el grupo social de padres y en los servicios. Era como estar en un internado, salvo que dormía y cenaba en casa. El coro era mi familia sustituta, no el equipo altamente disciplinado que era para los otros chicos.

Yo era el mayor y el más raro de sus tres hijos, y mi padre me eligió para descargar sobre mí su temperamento violento y sus frustraciones; bastaba mi presencia para que los tambores echaran a rodar, y los bajos de mi cama se convirtieron en el mejor refugio de su rabia hirviente. A día de hoy no entiendo qué había en mí que desatara ese odio, y a veces en mis momentos más oscuros sigue emergiendo el niño aterrorizado. ¿Y qué mejor lugar para esconderme que las calles de Oxford, donde me he convertido en un voyeur de la vida de los demás?

Y mi madre. Ella solo quería era una vida tranquila, sin enfrentamientos y tiempo lejos de él y de su temperamento. Se concentraba en mis hermanas pequeñas, que no se volvieron 'engreídas' cantando en coros de élite. Se mostraba escéptica ante cualquier religión organizada y nunca ponía un pie en una iglesia 'donde se reúnen todos esos malditos hipócritas que luego se van a casa a dar patadas al gato'. Con el paso de los años nos perdimos el uno al otro, pero primero se perdió a sí misma, al estar casada con él. Ella era de origen polaco, judío, y mi padre nunca le permitió olvidar sus humildes comienzos, que él la había 'salvado de la pobreza y le había dado una vida cómoda'.

Se me quebró la voz a los trece años, pero continué como becario de coral hasta los años de entrar en la universidad. El coro me sostuvo. Aprendí a quedarme quieto, a escuchar, a caer en las profundidades del sonido. Cuando cantaba, entraba en un mundo paralelo de belleza y amor en el que no había palizas, ni escondites bajo la cama, ni soledad desesperada.

Así que espero a que el coro de la primera mañana de mayo nos una un año más. Mientras tanto, me siento en mi rincón y desearía poder vislumbrar los prados del College, llenos de flores verde-púrpura en esta época del año, u observar a los ciervos errantes que van comiendo en los exuberantes pastos. En lugar de eso, observo a la gente, especialmente a las chicas que lucen su belleza como placas de armadura, lisas y brillantes y atrevidas: 'Mírame, no, tú no. Eres indigno de mirarme en mi esplendor.' Pero a medida que envejecen, el metal se empaña, se afina en algunas partes hasta que aparecen algunas grietas. Un día se desintegra en el campo de batalla y sus pobres almas desnudas tiemblan.

Entonces suplican una mirada, como siempre han hecho sus hermanas menos bellas. Y hasta la sonrisa de un vagabundo las contenta.

Los lugareños me conocen bastante bien. Algunos me dan trozos de comida, alguna libra, botellas de agua. Otros transeúntes, los más arrogantes, desvían la mirada o protestan: '¿Cuándo va a hacer algo el ayuntamiento?' Piensan que estoy drogado o que soy alcohólico, pero estoy colocado por la vida, no por las ayudas que la hacen soportable.

Pero hay un tipo que siempre se para a hablar conmigo. Dos veces por semana me da cinco libras para que pueda ir al albergue. Es alto, delgado, con el pelo negro y canoso, probablemente de unos cincuenta años. Al principio pensé que era un asistente social, pero no es como los demás, que siempre intentan llevarte a una institución. No, él es diferente. Es diferente porque escucha y parece entender. Cuando hablamos es como si estuviéramos sentados en un sofá tomando té y comiendo galletas de chocolate. Es fácil. Me ve a mí, no a un mugriento vagabundo. Poco a poco le he ido contando la historia de mi vida, aunque a veces sólo bromeamos y hablamos del tiempo. Cuando se va, me siento ligero como el aire. Es el único que sabe cómo acabé en las calles de Oxford; es el único digno de conocer mi historia. No juzga; se preocupa desde el alma.

¿Y cómo es que un niño rico acabó sin hogar en la gloriosa ciudad de Oxford? Le conté -a Gabriel- cómo me licencié en filosofía en el Magdalen College. Era tan difícil que la cocaína circulaba entre muchos de nosotros para superar los exámenes. En mi segundo año me hice budista zen y deambulaba por las calles con una túnica negra como una especie de monje a la espera de la iluminación. Intenté eliminar la necesidad de todas las formas sensoriales, incluido el arte, para que no hubiera barreras, ni siquiera bellas, entre lo sublime y yo. Pero no podía prescindir de la música. Para entonces ya no era una figura bienvenida en el coro y me pidieron que me marchara. En el tercer año la cocaína me tuvo al borde de la locura, mi padre afortunadamente me repudió y apenas conseguí aprobar los exámenes finales.

¿Y qué haces con una licenciatura de tercera clase en filosofía? Pasé de un trabajo que me destrozaba el alma a otro, me echaron de todos por mi insolencia, hasta que me quedé sin dinero para el alquiler y ninguna chica me aguantaba. El contacto con mis padres terminó a los veintidós años; ¿qué sentido tenía? Cuando me fui de casa, mi padre ya no podía alimentarse de mi miedo y murió de un paro cardíaco a los cincuenta y cuatro años. Así que la calle se fue convirtiendo poco a poco en mi hogar, lo que me convenía como solitario errante. No encajaba en ningún sitio, ni quiero hacerlo ahora. No queda mucho tiempo. Lo único que me queda es alguna belleza fugaz a la que puedo asirme y el recuerdo del coro.

¿Y qué pasó con mi madre? Hace un par de meses, Gabriel vino con una historia sobre una anciana en una residencia de la que se ocupaba su mujer, en Seaford. Dijo que se llamaba Violet Koski, que era el apellido de soltera de mi madre, y que posiblemente fuera mi madre, ya que todos los detalles encajaban. ¿Me gustaría ir a verla, sólo para asegurarme? No le quedaba mucho tiempo de vida, dijo. Él me llevaría y se encargaría de todo. Le miré boquiabierto. 'Gabriel,' le dije, '¿no ves que es demasiado tarde? Aunque sea mi madre, el hilo se rompió hace años. Tú eres más real para mí que ella. ¿Qué podría decirle? ¿Qué podría decirme ella? Probablemente moriría del susto de todos modos. Mejor dejar las cosas como están. Gracias de todos modos, amigo. Eres lo más cercano al amor y al afecto que he sentido en mi vida.'

En marzo, Gabriel volvió de una visita a Seaford. Me dijo que Violet había fallecido el día 10. Me puso una foto en la mano. Era una de mis hermanas y yo con mi madre en la playa de Brighton. Yo tenía unos diez años y todos parecíamos pellizcados de frío y hartos. 'Prométeme que no la romperás,' dijo Gabriel. No puedo negarle nada, así que me la metí en el bolsillo y no dije nada.

Me estaba contando mi historia, como hago a menudo, coloreándola con nuevos detalles y seguramente murmurando, cuando Gabriel vino a verme. Estaba nervioso, tenía prisa, algo inusual en él. Me puso cinco libras en la mano y me dijo:

'Escucha, Tim, quiero que vayas al refugio esta noche y te des una ducha. Volveré mañana a la misma hora. Asegúrate de estar limpio, ¿eh? Tengo algo para ti.'

Y se fue, corriendo a lo largo del puente, con el pelo largo azotándole la frente. Me pregunto qué le habrá pasado. Yo no puedo oler tan mal; me duché por última vez hace al menos una semana. Me perdí nuestra charla, pero tendremos una mañana.

Ahora es el día siguiente. Me he duchado y estoy esperando. Espero que no me haga un regalo de despedida, pero mi intuición me dice que sí. Rara vez habla de sí mismo, así que no sé mucho de su vida. Soy un viejo egocéntrico.

Aquí está, sin aliento y con la cara roja. Lleva una gran bolsa de plástico. Se sienta a mi lado en el suelo y abre la bolsa. Saca un precioso abrigo negro hecho a medida, un Burberry.

'Vamos, amigo. Levántate. Quiero que te pongas esto, a ver cómo te queda,' me dice, y me ayuda a levantarme.

Boquiabierto, me despojo de mi vieja trenca y me pongo el Burberry forrado de seda. Me queda perfecto.

'No puedo ponerme esto. Me queda ridículo, demasiado caro para un viejo indigente. Seré el hazmerreír.'

'Lo compré en una tienda de segunda mano, ¡una ganga! Y te lo vas a poner de todos modos, así que no protestes. Lo necesitarás donde vamos. Después puedes volver a ponerte el abrigo viejo si te sientes más cómodo, pero te lo puedes quedar,' me dice, y me da un empujón juguetón.

'¿Adónde diablos me llevas?' Me estoy alterando. ¿No podemos charlar un rato? ¡Mira, tengo galletas de chocolate!'

'Ya verás. Necesitas algo de ejercicio, siempre sentado en tu perezoso culo en esta esquina. ¡Vamos!'

Es Gabriel, así que confío en él. A nadie más le permitiría que me cogiera del brazo y me impulsara suavemente por el puente. Caminamos a mi ritmo, aunque sé que él correría. Puedo sentir la excitación nerviosa bajo su silencio. Cuando llegamos a la entrada del Magdalen College se detiene y dice:

'Son las seis menos cuarto. Llegamos justo a tiempo para vísperas.'

Antes de que pueda abrir la boca, me estira hasta la portería y les dice a los dos tipos fornidos que están detrás de la gruesa mampara de cristal:

'Vamos a la capilla para el canto de vísperas. '¿Sabíais que este caballero solía ser corista aquí?'

Me miran atónitos. Ningún abrigo Burberry puede transformar mi cara y mi pelo, pero nos hacen señas para que sigamos. Tiemblo de expectación y de asombro. Gabriel me pasa el brazo por el hombro y recorremos el conocido camino hasta la capilla. La gente hace cola fuera, en el oscuro pasillo, pero el tipo de la puerta de la capilla parece conocer a Gabriel y nos hace pasar primero. ¿Cómo lo ha conseguido? Empiezo a sospechar que es una figura respetada en Oxford, quizá incluso alguien importante.

Es como lo recordaba. La madera oscura reluce, las paredes y los pilares blanco-grisáceos son igual de sombríos en su fría magnificencia. Los cirios en las portavelas de cristal parpadean y hacen señas a lo largo de la sillería de madera. 'Ven y siéntate,' parecen decir. 'Esta es la realidad; el caos de fuera es sólo un mal sueño.'

Me arrastro detrás de Gabriel, que encuentra los mejores asientos, el mejor ángulo para mirar y escuchar. Me siento a su lado, con la cabeza gacha y la nariz goteando. Me alegro de haberme duchado.

'Tim, puedes venir cuando quieras. Sólo tienes que ponerte tu abrigo Burberry y el tipo de la puerta te dejará entrar, aunque yo no esté contigo,' me dice, pero no me mira a los ojos.

Me quedo sin habla. Gabriel me da un pañuelo para que deje de secarme las lágrimas y los mocos con el dorso de la mano. Había olvidado lo que es llorar. Pero debo levantar mi cabeza enmarañada; debo mirar. La sillería se llena. La madera cruje bajo los pies que se mueven lentamente. La gente me mira fijamente y luego gira educadamente sus cabezas bien peinadas. Me siento más cerca de Gabriel y vuelvo a bajar la mirada. No debería estar aquí; el fantasma grotesco de un antiguo corista sólo puede permanecer en rincones sombríos. Pienso en escabullirme cuando suena la campana.

Entra el coro, con el maestro al frente. Visten las mismas sotanas rojas y sobrepellices blancos. Dieciséis niños, falsos ángeles bien limpios, ocupan dócilmente sus puestos. Los doce becarios del coro, rebosantes de juventud y testosterona bien dirigida, se sientan más atrás y observan al público con un sutil aire de superioridad. Nada ha cambiado.

Comienza el servicio. El coro canta el primer himno. Me inclino hacia delante, lejos del bulto protector de Gabriel. Oigo un ruido sordo y Gabriel recoge el libro de salmos que he tirado al suelo. He olvidado quién soy, mis huesos doloridos y mi estómago vacío. Me he elevado hasta la bóveda en la onda sonora de esas voces. Estoy cantando con ellos; estoy allí, en primera fila, en mi lugar habitual, las notas más puras y agudas fluyendo fácilmente de mi joven garganta. Todas mis partes rotas están selladas, como esos jarrones japoneses cuyas grietas están llenas de oro. Soy el niño, el joven, el licenciado en filosofía, el mendigo sin hogar; no falta ninguna pieza, no se ha perdido nada. Este es mi lugar. Al menos, durante cuarenta minutos, éste es mi hogar.

Cuando termina y la procesión, etérea a la luz de las velas, ha abandonado la capilla, Gabriel y yo esperamos a que todos se hayan ido. Estoy temblando y tengo que agarrarme a su brazo. Me invita a tomar café y pasteles en una cafetería de la calle principal. Pero me niego. Puedes llenar una vez un recipiente lleno de remiendos; dos veces es buscarse problemas.

'Vamos, amigo, llevas tu abrigo nuevo. ¿Qué pasa?' me dice, pero sé que me entiende.

La verdad es que necesito volver a mi sitio junto a Sainsbury's. Necesito sentir el pavimento debajo de mí y la aspereza de mi viejo abrigo. Quiero que llegue la noche y la quietud que precede al amanecer; quiero mi vacío y la paz que trae consigo. No me importaría morir mañana. Me iría flotando con la música del coro resonando en mi cabeza,

pero, sobre todo, me alentaría en mi viaje el amor de este
hombre, Gabriel.

Agradecimientos

Quiero dar las gracias a Nicky Taylor por su edición sensible y experta.

Estoy eternamente agradecida a Marie Timlin por enseñarme la foto del anillo de hadas cerca de Lough Brin que inspiró la historia de Gabriel. Ella fue también mi inspiración para el personaje de Cliona.

Mi agradecimiento también a Alicia Miñano, que vivía en la plaza que rodea la fuente y cuya descripción de la drogadicta que se lavaba allí me dio la idea para la historia de La Fuente.

Mi agradecimiento a los amigos y familiares que leyeron el manuscrito y me dieron valiosos comentarios: mi hermana Linda, mis hijos Steven y David, la difunta y querida Patricia German y sus hijas Sian y Glynis, Irene, Xisco Maturana, Jon Bowra, Marie Timlin y sus hijas Cathy, Tonia y Cristina y Brendan Timlin.

Estoy muy agradecida a las siguientes personas que se tomaron la molestia de leer el manuscrito y escribir reseñas:

Alice LaPlante, Cecilie Gamst Berg, Elaine Kingett y Barbara Jago.

Sobre el autor

Heather Smith nació en Brighton, Inglaterra, en 1950. Estudió inglés y filosofía en la Universidad de Manchester durante dos años antes de trasladarse a Mallorca con veinte años.

Le siguió una licenciatura en Filología Hispánica por la Universitat de les Illes Balears (UIB) y, en 2017, obtuvo un máster en Escritura Creativa por la Oxford Brookes University.

Desde que se jubiló como profesora de inglés de bachillerato en un instituto mallorquín, dedica su tiempo a proyectos de traducción, a dirigir un club de lectura y a su propia escritura, que realiza tanto en inglés como en español.

En 2018 publicó un libro de poemas: *Poems of Joy and Melancholy* (Ars Poetica, Oviedo, España). Colaboró en un libro de relatos sobre Oxford en español: *Relatos de El Trueno Dorado* (Editorial Sapere Aude). Recientemente ha terminado unas memorias noveladas y actualmente escribe relatos cortos.

Heather es viuda y tiene dos hijos y cuatro nietos.